FRÉDÉRICK RAPILLY

Ex-grand reporter, journaliste et DJ, Frédérick Rapilly est fan de polar depuis toujours. Il tient notamment un blog où il chronique les œuvres des plus grands maîtres du genre. Son premier roman, *Le Chant des Âmes*, a reçu un accueil particulièrement favorable, le propulsant sur le devant de la scène, à côté de ses idoles. Avec *Le Chant du Diable*, l'auteur d'origine bretonne donne à ses lecteurs l'occasion de retrouver le journaliste Marc Torkan, et confirme qu'il fait bel et bien partie de la nouvelle vague du polar français.

Retrouvez l'auteur sur son blog :
http://frederickrapilly.blogspot.fr/

LE CHANT
DU DIABLE

DU MÊME AUTEUR
CHEZ POCKET

FRÉDÉRICK RAPILLY

LE CHANT DU DIABLE

ÉDITIONS CRITIC

FSC
www.fsc.org
MIXTE
Papier issu de sources responsables
FSC® C003309

Pocket, une marque d'Univers Poche,
est un éditeur qui s'engage pour la préservation
de son environnement et qui utilise du papier fabriqué
à partir de bois provenant de forêts gérées
de manière responsable.

ISBN : 978-2-266-22376-8

À Marie-Laure, ma femme

« Au commencement la Terre était une plaine sans fin, obscure, séparée du ciel et de la mer grise, étouffant dans une pénombre crépusculaire. (...)

À l'aube du premier jour, le Soleil eut envie de naître (bientôt suivi ce soir même par les étoiles et la Lune). Le Soleil creva la surface de la Terre l'inondant de sa lumière dorée, réchauffant les trous sous lesquels dormaient les ancêtres.

(...)

Les anciens s'ouvrirent un chemin dans le monde entier par leur chant. Ils chantèrent les rivières et les montagnes, les lacs salés et les dunes de sable. Ils chassèrent, mangèrent, firent l'amour, dansèrent, tuèrent : partout où les portaient leurs pas, ils laissèrent un sillage de musique. »

Le Chant des Pistes – Bruce Chatwin

Prologue

Jeudi 19 juillet, 6 h du matin.

Station touristique de Benidorm (province d'Alicante, Espagne).

Daemon ouvrit les yeux. Et les referma aussitôt. Une douleur abominable mais familière lui perforait le crâne, comme si on lui assenait à intervalles réguliers de minuscules coups de ciseaux à ongles le long des tempes. Il porta les mains à sa tête, et sentit sous ses doigts le sang qui pulsait trop vite, trop fort. Le son lointain, étouffé, d'un tambour de guerre…

TOOM-TOOM-TOOM

Il attendit une minute, puis deux, le temps que la sensation désagréable commence à s'estomper. De nouveau, le jeune homme entrouvrit les paupières. Cette fois, il le fit avec prudence, pour accommoder sa vision. Autour de lui, il ne faisait plus vraiment nuit. Le jour n'allait pas tarder à paraître. Un voile mauve, nauséeux, flottait dans l'air tel un nuage de gaz toxique ou la traîne d'un mauvais génie. Grâce aux longues heures passées sur les terrains de football de Manchester à dribbler, courir et taper dans un ballon, Daemon était un sportif bien bâti : un mètre quatre-vingts, le torse glabre, le ventre dur. Il portait un jean délavé et une chemise blanche déboutonnée jusqu'au nombril. Ses pieds étaient nus. Sa coupe de cheveux assez courte, presque rase, et son nez droit lui donnaient un faux air de militaire en permission. En réalité, Daemon venait de passer ses examens de troisième année dans une école de gestion. Le footballeur amateur espérait un jour devenir comptable dans une de ces nouvelles entreprises qui s'installaient à l'ouest de Manchester, dans la zone de Spinningfields, attirées par le boom économique de l'agglomération depuis le milieu des années 2000. Dans la pénombre du jour encore naissant, le jeune Anglais ne distinguait pas grand-chose. Après avoir gardé les yeux ouverts assez longtemps pour que ses pupilles dilatées s'accoutument au clair-obscur et cessent de lui faire mal, il repéra en face de lui, à une centaine de mètres, la masse humide et mouvante de la Méditerranée. Son regard glissa sur l'eau. Et s'arrêta dans la direction de l'est. Plus loin sur la gauche s'élevaient les hautes silhouettes des immeubles en béton de Benidorm. Ils formaient comme un mur d'enceinte massif pour protéger la cité balnéaire des hypothétiques assauts d'envahisseurs venus du sud. Désorienté, troublé, Daemon posa les paumes de ses mains à plat sur le sable à peine humide. Il conclut de ces premières impressions qu'il devait se trouver quelque part à Levante, sur la grande plage où venaient lézarder les touristes dans la journée.

Où étaient les autres ? Il voulut se lever pour les chercher, mais un haut-le-cœur le plia aussitôt en deux. Il essaya de vomir. En vain. La conséquence fut pire.

Il sentit une bile aigre lui arracher la gorge. Il cracha difficilement un liquide incolore qui ressemblait à de la salive et empestait l'alcool. Combien de « shots » de vodka pure avait-il avalés hier soir ? Six, huit, dix ? Il n'en avait pas la moindre idée. Les autres auraient pu le renseigner. Bon sang, où étaient ces connards ? Pourquoi l'avaient-ils abandonné là sur la plage ? Seul. Et où étaient ses chaussures ?

La veille, les quatre copains – lui-même, William, Rhys et Liam – s'étaient préparés pour une fiesta à tout casser. Les « Fab Four » comme ils se surnommaient, prêts à partir en virée ! Dans le minuscule appartement avec terrasse qu'ils louaient dans le quartier plutôt tranquille de La Calla, la joyeuse bande avait commencé par s'imbiber peu après son retour de la plage, vers 21 heures, en écoutant à fond les vieux tubes new wave de Tears For Fears, Spandau Ballet, Duran Duran ou Kajagoogoo. Ils passaient sur une radio espagnole que tout le monde semblait adorer à Benidorm. *« Too shy shy, hush hush... »*, braillaient-ils à tue-tête, hilares. Les garçons avaient démarré avec du *calimucho*, un mélange local de mauvais vin rouge et de Coca-Cola qu'ils avaient corsé en y ajoutant une demi-bouteille de vodka et une autre de gin. Comme d'habitude, Rhys, un fils d'Irlandais rouquin à la crinière bouclée avec des taches de rousseur jusque sur le bout du nez, s'était fait chambrer par Liam, le plus mignon du groupe, pour sa conquête de la veille. Une Allemande à la peau rougie par le soleil et aux cheveux blonds peroxydés, rencontrée dans un bar du centre-ville. Aimanté par son piercing à la lèvre, Rhys l'avait accostée dans un état d'ébriété déjà avancé. La jeune femme était saoule. Elle s'était laissé embrasser sans même protester. Le couple était revenu au milieu de la nuit à l'appartement de La Calla. Daemon se souvenait vaguement avoir entendu leurs ébats bruyants avant de sombrer dans le sommeil. L'inconnue avait filé au petit matin pendant que la bande récupérait. Sans laisser de numéro de téléphone. Stoïquement, le garçon aux cheveux fauves avait subi les moqueries toute la soirée. C'était le jeu ! On ne venait pas à Benidorm pour rencontrer le grand amour mais pour perpétuer la tradition du *binge drinking* au soleil : ingurgiter le plus d'alcool possible en un minimum de temps. Les discothèques de la ville avaient intégré cette règle et proposaient des boissons alcoolisées – whiskey coca, gin & tonic, vodka pomme – à des prix défiant toute concurrence. Toute la jeunesse du Royaume-Uni avait un jour ou l'autre entendu vanter les mérites de cet eldorado au bord de la Méditerranée. Un véritable paradis à prix cassés où les étudiants rêvaient de se fusiller quelques neurones avant d'être happés par la vie active.

Peu avant une heure du matin, William, le plus âgé, s'était levé pour donner le signal du départ. Il tanguait dangereusement mais s'était rattrapé au dossier de sa chaise. Comme un marin dans la tempête, le jeune homme s'y était agrippé pour recouvrer son équilibre et avait attendu que s'estompe le vertige. Le pas plus assuré, il avait ouvert la porte de l'appartement d'un geste sec. Les trois autres fêtards avaient suivi en chancelant. Ils se lançaient des bourrades à la sortie de l'immeuble qui les faisaient vaciller et pouffer. Ensuite, ils avaient bruyamment apostrophé les jolies *chicas* apprêtées, maquillées, parfumées qu'ils croisaient au détour des rues, lançant des plaisanteries et des compliments dans l'espoir de décrocher un sourire, un regard. Arrivés depuis une dizaine de jours de Manchester, ils avaient déjà leurs rituels. Ils avaient marché jusqu'à l'une des plages du sud et partagé un stick d'herbe sur un banc face à la mer. Ensuite, Daemon se souvenait vaguement qu'ils avaient arrêté un taxi dans la grand-rue. La voiture les avait déposés *Avenida Communitat Valenciana*, où étaient concentrés la plupart des bons clubs nocturnes de Benidorm. Là-bas, Rhys s'était méchamment embrouillé avec un des vigiles espagnols du *KU*, une discothèque haut de gamme. Bêtement, ce crétin de fils d'immigré irlandais avait essayé de rentrer avec une bouteille de vodka entamée glissée sous son T-shirt, coincée dans l'arrière de son pantalon. Repéré, il avait fait sa tête de mule et refusé de la laisser dehors. Les Fab Four s'étaient vite échauffés. Ils avaient balancé des insultes en anglais au cerbère, puis en mauvais espagnol. Pas longtemps. Les quatre amis avaient joué les bravaches, commencé à brandir les poings, mais avaient sagement fait retraite quand leur adversaire avait reçu du renfort. Les Anglais avaient fui en courant, riant comme des idiots et se retournant pour pointer des doigts d'honneur. Une demi-heure plus tard, Daemon et ses potes avaient fini par imiter la foule des noctambules : ils faisaient la queue devant le *Club Manssion*. Dans cette arène de cinq mille places, les DJ avaient la réputation de passer la musique électronique la plus agressive et la plus rapide du moment, un genre baptisé Brostep. L'étudiant en gestion se rappelait avoir payé son ticket 10 euros, être entré dans une immense salle sombre où se pressaient des centaines de corps humides, puis avoir contemplé une fille aux cheveux bleus ondulant en monokini doré sur un podium, et… Rien. Le trou noir complet.

Putain ! Mais où donc étaient fourrés William, Rhys et Liam ?

À quatre pattes, Daemon inspira, puis expira. Lentement. Le jeune homme recommença plusieurs fois. L'afflux d'oxygène lui fit du bien. Quand il se sentit prêt, il tenta à nouveau de se lever. Il redressa d'abord la tête, s'agenouilla. Ensuite, il posa les mains sur ses cuisses et attendit que se calme le tourbillon sous son crâne. Il poussa sur une jambe, prit appui dessus et, dans un effort qui lui coûta, réussit à se mettre debout. Il tituba, mais tint bon. Un souffle d'air frais venu de l'immense étendue d'eau salée le revigora. Il ferma les yeux quelques secondes. Une minute peut-être… Quand il les rouvrit, une silhouette se découpait sur l'horizon gris bleuté. Une femme. Il aurait juré qu'elle s'était matérialisée à l'instant même, comme une créature téléportée d'une autre dimension. Elle était nue, se tenait immobile face à la mer. Était-ce un rêve ? Était-il torché à ce point ? Que lui arrivait-il ? Daemon cligna des yeux. Elle était toujours là. Surpris, puis intrigué, le jeune Anglais détailla l'apparition. Il ne la voyait que de dos, mais l'inconnue paraissait magnifique. Mince et fine. La jeune femme devait mesurer un mètre soixante-quinze. Sa peau était mate, quasi noire dans la lumière mauve du matin ; elle avait dû passer des heures à bronzer au soleil sans daigner porter de maillot de bain. Ses longs cheveux blonds s'éparpillaient en corolle sur ses épaules. Par contraste avec son corps cuivré, ils paraissaient presque blancs.

Daemon ne distinguait ni les mains ni les bras, comme si elle les maintenait croisés sur sa poitrine. Le regard de l'étudiant en gestion s'attarda quelques secondes sur les courbes voluptueuses de ses fesses, rondes et charnues. Aussi brunies que le reste de son corps. Puis il remarqua le large tatouage plus sombre évoquant des motifs maoris qui ornait le creux de ses reins. Plus d'une minute s'était écoulée. La jeune femme n'avait toujours pas bougé. Elle semblait juste se balancer lentement d'un pied sur l'autre.

— Hey, mademoiselle ! Vous allez bien ?

Daemon s'était approché de plusieurs pas. Il pourrait bientôt la toucher. Le jeune homme avait crié sans s'en apercevoir. Furieux, il se mordit les lèvres. Il ne voulait pas l'effrayer. Il y avait là, devant lui, à quelques mètres, une fille nue et belle à tomber, et il n'avait pas trouvé mieux pour attirer son attention. Quel demeuré ! Quel branleur !

L'étudiant encore ivre s'arrêta. Il attendait que la créature se retourne, ou plutôt, il espérait qu'elle le fasse pour découvrir une poitrine qu'il imaginait magnifique, comme dans ses rêves érotiques les plus fous. Malgré l'alcool qui embrouillait ses pensées, il se surprit à se demander si les seins de l'apparition étaient plutôt en forme de poires ou de pommes ; les seconds avaient sa préférence. Mais la jeune femme resta immobile. Et muette.

— Pardon, est-ce que vous allez bien ? Est-ce que vous avez froid ? demanda Daemon en s'avançant plus lentement.

Peut-être ne comprenait-elle pas l'anglais ? L'étudiant n'était plus qu'à quelques mètres. Il ôta son T-shirt imbibé de sueur acide, seul rempart qu'il pouvait lui offrir pour dissimuler sa nudité. Il pouvait presque la toucher, pourtant quelque chose le retint. Un détail. Un signal à peine perceptible. La jeune femme semblait ne pas l'avoir entendu, mais il vit qu'elle tremblait de tout son corps, secouée de frissons. Il sentit une onde de terreur glacée naître dans sa nuque. Daemon était encore saoul ; néanmoins, comme un animal devant une menace inconnue, il devina qu'il y avait quelque chose d'anormal dans l'attitude de la femme aux cheveux blonds.

Lentement, gardant ses distances, il la contourna par la gauche, guettant sa réaction, et l'expression de son visage quand il entrerait dans son champ de vision. Plus tard, lorsque les policiers espagnols l'interrogèrent, Daemon se rappela tous ces détails à la manière d'un film qui passe au ralenti, image par image... La créature avait des yeux d'un vert intense. Grands ouverts, ils ne le voyaient pourtant pas. Ses lèvres semblaient marmonner un mantra inaudible. Elle avait des seins superbes, deux globes lourds aux aréoles larges et sombres, mais Daemon y fit à peine attention sur le moment. Son cerveau enregistra cette information pour éventuellement l'analyser a posteriori. Il ne comprit pas tout de suite la scène qu'il découvrit, les yeux écarquillés. Il sentit juste sa colonne vertébrale se rétracter d'un coup, et une terrible envie de fuir qu'il réussit à réprimer après un sursaut en arrière. Bras tendus vers la Méditerranée, comme si elle proposait une offrande à des divinités invisibles, la jeune femme au tatouage brandissait quelque chose. Un objet pas plus gros qu'un ballon de football. D'un coup, Daemon se détourna pour vomir le peu de liquide qu'il avait encore dans l'estomac. L'inconnue serrait entre ses mains une tête. Décollée avec soin. Celle d'une autre femme qui avait dû être belle. Les yeux grands ouverts, les lèvres déjà bleuies par la mort, les mèches de ses longs cheveux roux soulevées par la brise matinale…

Première Partie

« Mon nom est légion, car nous sommes beaucoup... »

L'Évangile selon saint Marc

Chapitre 1

« Please allow me to introduce myself
I'm a man of wealth and taste
I've been around for a long, long year
Stole many a man's soul and faith... »

« Laissez-moi me présenter
Je suis un homme de goût et bien nanti
Je traîne par ici depuis une longue,
très longue année
Ravissant les âmes et la foi
de beaucoup d'hommes... »

Sympathy For The Devil – The Rolling Stones

News... News... News...

Syrie : trois hauts responsables de Bachar Al-Assad tués dans un attentat à la bombe – La Première ministre thaïlandaise, Yingluck Shiawatra, effectue une visite en France – Delphine Wespiser, Miss France 2012, s'est envolée pour la Chine afin de participer à l'élection Miss Monde – JT du week-end : Anne-Claire

Coudray devient le joker de Claire Chazal – En Italie, des archéologues pensent avoir découvert le squelette de la Joconde.

1.

Vendredi 20 juillet, 9 h du matin.
Bangkok (Thaïlande).

Sur le vaste écran plat du poste de télévision dernier cri, quatre poupées graciles s'agitaient en simultané. Moulées dans des collants de couleur épousant leurs courbes, les sylphides aux yeux bridés, visage fardé de blanc, reproduisaient une chorégraphie martiale. Une pantomime saccadée, inquiétante, fascinante, qui tranchait avec les images guimauve des vidéo-clips habituellement diffusés sur les chaînes musicales. Perchée sur des *stilettos* métallisés luisant telles des lames de couteau, une jeune femme s'avançait à pas rapides sur un podium immaculé. Gainée dans une combinaison de latex noir, elle minaudait et chantait en play-back. Elle tenait une laisse en argent au bout de laquelle trottinait un grand caniche blanc. L'image semblait surréaliste, échappée d'un tableau de Dalí. Brusquement, la caméra zooma et cadra plus serré. L'une des créatures du clip, une jeune femme mince qui arborait une courte crête simili-punk de couleur pourpre, brandit crânement devant elle un fusil-mitrailleur couvert de paillettes dorées. La caméra se focalisa sur la nymphette. Celle-ci pressa la détente. Tac-tac-tac… De faux impacts de balles déchiquetèrent le décor, faisant voler des éclats de verre et de métal. Intrigué, Marc Torkan sortit de sa léthargie comateuse. Le journaliste saisit la télécommande posée sur les draps et remit le son.

Boom-Ra-Ta-Ta... Boom-Ra-Ta-Ta... Boom-Ra-Ta-Ta

Le tempo percuté de la musique électro-pop qui fusa immédiatement des haut-parleurs lui rappela celui des tubes bubble-gum de Britney Spears ou de sa rivale des Barbades, la sculpturale Rihanna, dont il avait aperçu quelques vidéo-clips au fil de ses pérégrinations à travers le monde. Il y avait pourtant une différence : il n'en comprenait pas un traître mot. Est-ce que ces filles peinturlurées chantaient en thaï, en chinois ou en coréen ? Il n'en savait fichtre rien. Après quelques secondes, le nom du groupe s'afficha en bas à droite de l'écran, juste sous le logo de la chaîne musicale MV TV. Il déchiffra : 2NE1. Marc n'en avait jamais entendu parler. Le titre du morceau suivit : « *I'm The Best.* » Étendu sur le lit de son hôtel, l'ex-grand reporter du magazine *Paris Flash* se redressa et traduisit pour lui-même : « Je suis le meilleur. » Quel programme ! L'ironie de sa situation lui arracha un sourire triste. Où qu'il aille sur la planète, c'était toujours le même genre de messages qui défilaient sans interruption sur tous les écrans de télévisions, d'ordinateurs, de téléphones portables et de tablettes tactiles. L'affirmation d'un monde sans faiblesse possible où une confiance absolue en soi, la certitude de son bon droit, la mise en scène de son ego tenaient lieu de philosophie de vie. Quitte à éliminer toute opposition, comme le montrait de façon aussi symbolique que radicale la séquence de mitraillage dans le vidéo-clip. Le capitalisme à l'état brut.

— Je suis le meilleur, je suis le meilleur… Et que chacun crève dans sa merde ! lâcha Marc désabusé.

À dix mille kilomètres de la France, loin de sa Bretagne natale, l'ex-correspondant de guerre du magazine *Paris Flash* luttait dans sa chambre d'hôtel contre une insomnie chronique. Le quatre étoiles était situé au centre-ville, un peu excentré dans une ruelle donnant sur l'un des *klongs* de Bangkok, l'un des canaux transperçant l'immense métropole que ses quinze millions d'habitants connaissaient mieux sous l'ancien nom thaï de Krung Thep, la Cité des Anges. L'endroit avoisinait le bien nommé Nana Plaza, l'un des trois quartiers rouges de la ville où tapinaient la nuit des milliers de filles. Elles officiaient dans la rue ou dans l'un des très nombreux bars à gogo girls de la zone, baptisés au choix : *Lollipop, G-Spot, Erotica* ou, plus original, en français pour les amateurs, le *Pan Pan Cucul*. Un clin d'œil d'un expatrié porté sur les blagues grivoises. Scotché à 9 heures du matin devant un robinet à clips destiné aux quinze-vingt ans, Marc ne se faisait aucune illusion : il n'était nulle part. Il n'allait peut-être nulle part. Depuis des mois, le chasseur de scoops qu'il avait été vivait au jour le jour, et faisait simplement ce que les circonstances lui commandaient. Le journaliste prenait des avions, dormait dans des hôtels, posait des questions, mais il attendait que quelque chose se passe. Ou plutôt qu'une ombre surgie du passé lui fasse un signe.

En vain. Pour le moment.

Il rongeait son frein. Le désespoir menaçait chaque jour de l'emporter sur sa rage trop longtemps contenue. Aujourd'hui, celle-ci était enfouie dans les tréfonds de son âme. Comme une minuscule boule d'énergie prête à disparaître, la flamme fragile d'une bougie qui aurait trop brûlé. L'envie de se battre était pourtant toujours bien présente. Et s'il était là, à veiller dans cette chambre sans caractère d'un hôtel de Bangkok, c'est qu'il voulait croire au fond que l'affaire qui l'avait amené jusqu'ici lui permettrait d'avancer, de vaincre le démon qui lui avait arraché celle pour qui il avait accepté de recommencer à aimer : une jeune femme aux cheveux de feu nommée Jillian.

***

BANGKOK.

La police du quartier de Pathum Thani a retiré mardi du fleuve Chao Praya le corps d'une jeune femme de type caucasien. Un décès suspect qui pourrait être lié à un règlement de comptes crapuleux.

L'équipage d'une barge de transport a contacté les services de police vers 8 heures du matin. L'embarcation avait accroché une bâche servant à recouvrir les voitures qui dérivait sur le fleuve. Alertés par l'odeur, les occupants du bateau soupçonnaient la présence d'un cadavre. Lorsque les autorités sont intervenues, elles ont découvert le corps couvert de contusions d'une jeune femme d'origine caucasienne aux cheveux blonds et aux yeux bleus. La bâche avait été lestée de plusieurs sacs remplis de pierres afin de la faire couler au fond du fleuve, mais le stratagème ne semble pas avoir fonctionné. Les chevilles et les poignets de l'inconnue avaient été attachés avec du câble électrique. Selon les premières constatations de la police, la victime, une Européenne ou une Américaine, était âgée de vingt à vingt-cinq ans. La présence près du corps de serviettes de bain appartenant à une chaîne d'hôtels de la province d'Ayutthaya en amont du fleuve Chao Praya pourrait permettre de faciliter l'identification de la jeune femme et d'accélérer l'enquête. Les services de police ont déclaré qu'ils allaient aussi contacter les ambassades étrangères pour essayer de savoir si l'une de leurs ressortissantes avait été récemment portée disparue... »

Marc soupira bruyamment. Après des jours et des jours d'enquête, il espérait tenir une piste. La coupure de presse abîmée tirée du quotidien *The Bangkok Post* qui traînait sur son lit datait de moins d'un an. C'était ce bout de papier qui l'avait attiré jusqu'ici. Pour en savoir plus, découvrir ce qui se dissimulait derrière ce fait-divers sordide... Mais tout cela avait-il vraiment un sens ? Il sentait pourtant qu'il touchait au but dans cette affaire. Quelque chose d'indicible. Comme un signal d'alerte, ténu mais bien présent, qui palpitait aux frontières de sa conscience. Et cela l'excitait... Agacé maintenant par la musique qui s'échappait des baffles, le journaliste remit en sourdine la télévision. Entre deux spots de publicité pour des parfums ou des produits de maquillage, les vidéo-clips bariolés exhibant des jeunes gens – garçons et filles – trop fardés continuaient de défiler. Mais Marc n'y prêtait déjà plus attention, l'esprit mobilisé par la sanglante affaire qui l'avait amené jusqu'en Thaïlande et qui le faisait ressasser ce matin. Depuis hier soir, il avait avancé dans ses investigations et appris une information essentielle : l'identité de la femme dont le corps avait été repêché dans le Chao Praya. Elle s'appelait

Nadejda Kanijtiva. Une Russe. Marc avait fini par connaître une partie de son histoire à force de coups de fil et de rendez-vous dans des lieux discrets de la capitale. L'obstination avait payé. La chance aussi, mais elle était indispensable à tout enquêteur. Le journaliste avait sorti quelques billets lorsque cela s'était avéré nécessaire. « Tu ne paieras pas pour obtenir des informations. » La déontologie était bonne pour les gratte-papier et les pisse-copie donneurs de leçon qui restaient le cul collé à leur siège dans les rédactions parisiennes. N'était-ce pas ce cher Aristote qui l'exprimait de façon la plus évidente ? « Il y a des choses qu'il *faut* faire, il ne faut les faire que parce qu'elles sont requises pour atteindre une fin. » L'info était une denrée rare, et il fallait la dénicher coûte que coûte.

2.

Vendredi 20 juillet, 9 h 15 du matin.
Bangkok (Thaïlande).

Voilà ce que Marc avait appris contre dix billets de 100 euros la nuit précédente : dix-huit mois plus tôt, Nadejda, une poupée blonde aux formes sculpturales, avait pris un vol long-courrier à Moscou à destination de Bangkok. Son but ? Monnayer ses talents d'escort-girl auprès de la riche clientèle d'hommes d'affaires chinois, japonais et anglo-saxons qui transitaient dans la capitale thaïlandaise pour se constituer un joli magot. Les amateurs de ce genre de services y étaient chaque jour plus nombreux depuis que l'Asie s'était découvert l'envie et les moyens de se hausser du col et de concurrencer l'Europe et les États-Unis qui s'enfonçaient dans la crise. En Russie, Nadejda n'était qu'une étudiante en école de commerce lambda. Elle venait d'achever sa troisième année et espérait décrocher une place dans une formation plus prestigieuse, un MBA peut-être, pour se lancer à son tour dans les affaires. Il lui manquait l'équivalent de 10 000 dollars pour financer ses études. Une jolie somme en ex-Union soviétique. Quasi inaccessible. Les banques russes ne lui auraient jamais accordé ce genre de crédit – pas sans de solides garanties. Nadejda n'en avait aucune. Elle était née pauvre quelques années après la chute du mur de Berlin, dans un monde qui ne rêvait que de consommation à outrance, de biens à accumuler, d'écrans plats à collectionner, de chaussures Louboutin à aligner dans une penderie. La jeune femme était pragmatique et… jolie. Très jolie. Elle avait décidé après mûre réflexion de vendre son corps pour s'offrir un avenir meilleur dans un délai beaucoup plus rapide que la plupart de ses concitoyennes. Une sorte d'ascenseur social réservé à celles qui ne s'embarrassaient pas de morale. En Russie, qui aurait pu le lui reprocher, d'ailleurs ? Cela faisait longtemps, depuis que Poutine était au pouvoir, que tout semblait permis en ex-URSS. Nadejda avait suivi la filière habituelle. Elle s'était introduite dans le milieu par une de ces agences d'escorting, *Elegant Angels*, dont le contact s'affichait sans aucun filtre sur Internet. Elle avait envoyé quelques photos en pied et de profil et fait acte de candidature via e-mail. La réponse lui était parvenue en moins de vingt-quatre heures. Un coup de téléphone sur son portable. Au bout du fil, une femme s'était présentée comme la responsable de l'agence. Elle se nommait

Marina Droujinina. Elle lui avait donné un lieu et une heure. Il s'agissait d'un hôtel luxueux du centre de Moscou. Un rendez-vous d'affaires. La femme, une quadra élégante vêtue d'un tailleur corail, lui avait fait passer un entretien poussé concernant autant son niveau d'anglais, les romans qu'elle avait lus, les films qu'elle avait vus que les pratiques sexuelles qu'elle acceptait ou refusait. Ensuite, elle lui avait demandé de se déshabiller. Nadejda s'était exécutée. Après l'avoir complimentée sur son corps, Marina avait changé de ton. Elle lui avait commandé de se tourner, puis s'était approchée pour lui soupeser les seins, examiner sa dentition, caresser son sexe du bout des doigts tout en étudiant la moindre de ses réactions. Ensuite, elle lui avait dit de se rhabiller et conseillé de se raser le pubis et les aisselles. « C'est ce que veulent les clients, que tu sois douce et soumise, ou du moins que tu en aies l'air », avait-elle donné comme seule explication. Nadejda avait obéi sans discuter. Elle avait travaillé quelques mois à Moscou. Le temps de se roder. Apparemment, elle avait donné satisfaction, car Marina l'avait aiguillée vers la capitale thaïlandaise en plein boom, compte tenu de la demande et afin de maximiser ses profits. À Paris, Rome ou Londres, les clients étaient plus difficiles, se faisaient plus rares… La faute à la Crise avec un C majuscule. La responsable d'*Elegant Angels* lui avait facilité toutes les démarches pour « travailler » à Bangkok. L'agence avait préfinancé son installation et quelques séances de photos posées et coquines pour illustrer l'annonce qui figurerait sur son site, détaillant ses spécialités sexuelles (Full Service, GFE, PSE, CIM, COB, DFK…) et donnant un numéro de téléphone de portable pour que les clients puissent la « booker » sans difficulté. Tout s'était déroulé sans accroc. Il lui avait juste fallu s'habituer au climat, à la langue, à la solitude… Mais après cinq mois, grisée par les bahts et les dollars, la jeune femme entreprenante avait décidé de travailler sans intermédiaire. Une erreur. L'agence lui avait lancé un premier avertissement, puis un second. Chaque fois, Nadejda avait ignoré les appels de Marina, se croyant hors d'atteinte à dix mille kilomètres de Moscou. Il n'y avait pas eu de troisième coup de téléphone. Un soir, un gros 4×4 noir aux vitres teintées s'était arrêté en face du luxueux hôtel où elle avait rendez-vous avec Paul, un riche client australien. Un habitué qui s'offrait une séance de plaisir tarifé après avoir visité ses usines de textile dans le sud du pays. Un peu plus de deux heures plus tard, douchée, remaquillée, parfumée, l'escort-girl avait quitté la suite 810 du Sheraton. Elle était sortie de l'ascenseur, splendide apparition dans sa courte robe vert pomme. Un guetteur patientait dans le hall. Il l'avait repérée d'après le portrait qu'on lui avait donné de la jeune femme. L'homme avait passé un simple appel depuis son portable. Lentement, l'imposant 4×4 avait effectué un demi-tour et manœuvré pour se présenter devant l'entrée du palace. À l'arrivée de Nadejda sur le perron, deux types en costume noir, aux traits asiatiques et à la peau sombre, avaient jailli du véhicule. Les nervis silencieux avaient embarqué de force la jeune Russe sans prêter attention aux clients ni au personnel de l'hôtel. Stupéfaite, effrayée ou simplement prudente, aucune des personnes présentes n'avait réagi. Un employé de la réception plus courageux que les autres avait attendu dix minutes avant d'oser prévenir la police. Nadejda n'avait pas eu non plus le temps ni la présence d'esprit de résister. La voiture s'était évaporée en quelques secondes dans le monstrueux trafic de la capitale thaïlandaise. Comme un énorme crocodile aux écailles noires plongeant dans l'onde après s'être emparé de sa proie.

***

Une semaine plus tard, le corps de la prostituée russe avait été découvert par hasard dans les eaux sales du Chao Praya, le grand fleuve qui transperçait Bangkok. Selon la copie du rapport d'autopsie rédigé en anglais et en thaï qui avait été remis à Marc par un de ses contacts moyennant un bakchich conséquent, Nadejda avait été violée et torturée. Plusieurs jours durant. Les « agences » n'étaient pas cruelles par essence, mais elles s'assuraient de faire passer les bons messages auprès de leurs employées déloyales. Comme toutes les entreprises capitalistes, il leur était essentiel de sécuriser leur position sur un marché du sexe tarifé soumis aux aléas de la concurrence. Et s'il fallait sacrifier une petite ambitieuse trop pressée, trop indépendante pour garantir la loyauté de toutes… Il y en avait tant d'autres pour la remplacer. Des Hongroises, des Ukrainiennes, des Malaisiennes, etc. Des milliers de filles qui voulaient toutes gagner de l'argent rapidement, et se faire une place au soleil.

Tous ces détails, Marc les tenait depuis la nuit dernière d'un intermédiaire ayant ses entrées auprès de la police thaï. Il avait payé pour. Il était aussi payé pour, même si l'argent n'avait pour lui aucune importance.

L'insomnie avait fini par disparaître. Épuisé par les six heures de décalage horaire avec la France, le journaliste ferma les yeux. Il s'assoupit d'un coup sans même s'en rendre compte et dormit presque quatorze heures d'affilée.

3.

Vendredi 20 juillet, 23 h.
Bangkok (Thaïlande).

Le carillon strident d'un téléphone le réveilla en sursaut. Il enfouit la tête par réflexe sous l'oreiller, mais celui ou celle qui tentait de le joindre insistait. Marc décrocha à la cinquième sonnerie.

— Monsieur, il est 23 heures, annonça le concierge de l'hôtel à l'autre bout du fil. (L'homme s'exprimait dans un anglais aux syllabes mouillées par un fort accent thaï.) Nous vous avons appelé comme vous le souhaitiez. Votre rendez-vous patiente dans le hall.

Marc marmonna quelque chose qui aurait pu passer pour un merci et raccrocha. Après avoir repoussé les draps blancs, il mit encore quelques instants à réaliser où il se trouvait. Le souffle frais de la climatisation le fit frissonner. Il passa la main sur la cicatrice qui marquait son flanc gauche : une balafre violacée en forme de griffe, souvenir douloureux de son passé. Une séquelle de l'explosion qui avait brutalement mis fin à l'existence de Florence, son épouse, lors d'un attentat à Bali. Puis il remonta sur son torse jusqu'à effleurer du bout des doigts un petit objet métallisé qui pendait au bout d'une chaîne en argent. Le journaliste pressa dessus. Avec un bruit sec, la clé USB se détacha de son support. Marc se leva et alla la connecter sur son ordinateur portable. Il cliqua sur l'icône qui venait d'apparaître. La photo d'un paysage de Bali devenu familier s'afficha, puis l'image se décomposa. Pixel par pixel. Lentement, un visage auréolé d'une couronne de cheveux roux, celui d'une jeune femme qui l'avait ramené à la vie quelque mois plus tôt, se dessina tandis que démarrait un morceau de musique électronique au tempo entraînant. À l'écran, Jillian lui demanda une fois de plus en souriant : « Est-ce que tu m'aimes ? »

Il ferma les yeux. Impuissant. Pathétique. Il avait remué ciel et terre pendant des jours et des jours, et il ne savait toujours pas si la jeune femme était encore vivante. Il n'avait rien. Pas un indice. Pas une trace. Juste le film vidéo sur cette clé USB qui ne le quittait plus. Obstiné, il ne renoncerait pas. Le journaliste attendait l'ouverture comme au jeu d'échecs, celle que lui avait promise son insaisissable adversaire en lui adressant cette clé dissimulée dans une enveloppe en papier bulle portant cette seule inscription :

ATTENDS. REGARDE. ÉCOUTE... ET REJOUE.

Tout avait commencé un an plus tôt, en France. Au mois de juillet, au cœur de l'été. Le corps d'une jeune femme dénommée Clara Riopelle avait été découvert en Bretagne dans la forêt de Brocéliande, près de là où vivait Marc. Avant de mourir, l'étudiante en droit avait été longuement torturée et mutilée. C'était le genre de fait-divers sanglant dont raffolaient les médias. En particulier à cette période de l'année où « l'actualité ne faisait pas beaucoup d'effort », comme le disaient en plaisantant les professionnels de l'info. Les journaux, les radios, les chaînes de télévision s'étaient précipités sur cette affaire spectaculaire avec une délectation morbide mais avisée. Des chiffres de vente exponentiels, des audiences en hausse leur avaient donné raison. Marc ne connaissait pas Clara. Il n'avait aucune relation avec la « martyre de Brocéliande », ainsi que l'avaient baptisée avec un sordide à-propos quelques quotidiens en mal de manchettes à sensation. Sa mort ne le concernait en rien. À l'époque, il n'était même plus journaliste. Devenu antiquaire, il était revenu depuis cinq ans en Bretagne, sa région natale, et tentait de recoller les morceaux épars d'une existence fracassée. Marc était veuf. Cet ancien grand reporter, habitué à fréquenter les zones les plus violentes de la planète, avait perdu sa jeune épouse lors de leur lune de miel à Bali, victime parmi d'autres d'un attentat à l'aveugle destiné à semer la terreur chez les Occidentaux. Ce drame l'avait anéanti. Du moins le croyait-il. Il avait fallu toute la patience et les talents de persuasion de son beau-père, Patrick Boudou, rédacteur en chef adjoint au magazine *Paris Flash*, pour le pousser à s'intéresser à l'affaire Clara Riopelle. Le drame s'était déroulé à quelques kilomètres de chez lui. Son instinct de chasseur avait repris le dessus. En acceptant l'enquête, il avait vu sa vie basculer à nouveau. Comme si travailler sur ce meurtre pouvait lui permettre de faire le deuil de son bonheur passé. Il avait entraîné dans cette histoire insensée deux femmes : une photographe américaine, Katie Jeckson, et une jeune DJ parisienne, Jillian. Dépassées, les autorités judiciaires s'étaient fourvoyées sur de fausses pistes, dont une en particulier menait à des adeptes d'un culte néo-païen. Marc n'y avait jamais cru et s'était lancé avec ardeur dans une contre-enquête. Le magazine *Paris Flash* lui avait donné les moyens nécessaires.

Le meurtre de Clara n'était pas un crime isolé. Ils avaient découvert qu'un monstre froid, désigné sous le nom de Teknokiller, opérait à l'échelle de la planète, hantant les rave-parties et les soirées électro. Il abandonnait dans son sillage les cadavres violentés de jeunes femmes innocentes. Elles se nommaient Nava Sheraïm, Eve Lindermann… Dans son délire sanguinaire, l'homme – puisqu'il s'agissait bien d'un être humain – les enlevait et les torturait à mort pour enregistrer leur dernier cri : un ultime outrage à la face de Dieu. Méthodiquement, Marc, Katie et Jillian l'avaient pisté en France, en Thaïlande, en Espagne, en Ukraine. Jusqu'en Indonésie… Jusque sur l'île de Bali ! Leur quête funeste s'était brusquement interrompue là-bas alors qu'ils touchaient au but. Une nuit d'été sur une plage de Kuta. Une discothèque branchée, le Kudeta, fréquentée par des Occidentaux. Un incendie aux conséquences dramatiques. Cinquante-trois morts. Des dizaines de blessés. Jillian qu'il n'avait aimée qu'une seule nuit à Paris avait disparu, happée par les ombres. Le tueur aussi. Leurs corps n'avaient jamais été retrouvés. La police indonésienne avait opportunément blâmé une organisation terroriste islamiste, qui s'était empressée de revendiquer la responsabilité de la tragédie, symbole de la dépravation des mœurs de l'Occident. Action. Réaction. Presque un an plus tard, une quinzaine de suspects arrêtés par les autorités attendaient en ce moment même dans la prison de Denpasar, la capitale balinaise, de passer en jugement. Pour Marc, le destin paraissait s'acharner. L'île du paradis s'était transformée en enfer. Les femmes de sa vie semblaient y être frappées d'une malédiction.

***

Depuis plusieurs mois, Marc n'avait plus aucune nouvelle de Katie Jeckson. Il était l'unique responsable de cette situation. Et il le savait. La photographe dont il avait fait la connaissance en Bretagne au tout début de l'affaire Clara Riopelle avait pourtant tenté de garder le contact avec lui. Mais, depuis Bali, c'est comme si un mur invisible s'était érigé entre eux deux. Une frontière qui les séparait, les opposait presque. En bonne Américaine pragmatique, Katie ne croyait que ce qu'elle voyait. Les jours suivant l'incendie de la discothèque, surmontant son dégoût, elle s'était forcée à visiter les morgues, mais, parmi les nombreux cadavres exhibés par les forces de police indonésiennes, jamais elle n'avait identifié celui de son amie Jillian. Elle n'envisageait donc pas sa mort. Ni celle d'Ulrich Ladik, alias Teknokiller, son assassin présumé. L'homme était aussi soupçonné par les journalistes des meurtres de Clara, Nava, Eve… et de bien d'autres victimes. Douze, treize, quatorze ? Nul ne le savait vraiment. Pendant des années, les polices du monde entier étaient passées à côté de cette affaire. Comment envisager qu'un tueur en série ait opéré si longtemps à l'échelle de la planète dans le tumulte des raves-parties et des soirées électro ? Opiniâtre, la photographe avait poursuivi seule ses recherches jusqu'en Australie sur la mince piste laissée par le DJ meurtrier, exhumant d'anciennes affaires non résolues, à l'image de celle d'une jeune Chinoise nommée Hua. Son cadavre disloqué avait été retrouvé sur une plage du côté de Manly quelques jours après la spectaculaire rave-party qui rassemblait tous les ans pour la fin de la Gay-Pride les meilleurs DJ du moment et des milliers de fêtards sous l'immense Disco Dome de Sydney. Marc n'avait pas suivi Katie aux antipodes. Il avait pris le chemin inverse et était rentré en France. D'une certaine façon, il avait baissé les bras à l'époque. La mort de Jillian à Bali lui paraissait tellement absurde, tellement injuste cinq ans après celle de Caroline, son épouse, que même si son cœur lui certifiait le contraire, son cerveau avait fait l'impasse, comme s'il devait s'interdire d'espérer pour conserver un semblant de santé mentale. Sur le moment, il s'était résolu à accepter l'inacceptable. Le destin l'avait encore frappé. Et puis…

… Il y avait eu un jour l'arrivée de ce courrier en Bretagne. Un pli anonyme parmi d'autres.

À l'intérieur, Marc avait découvert la clé USB qu'il portait désormais autour du cou. Depuis, il guettait. Tel un guerrier à nouveau prêt au combat.

Chapitre 2

« And I was round when Jesus Christ
Had his moment of doubt and pain
Made damn sure that Pilate
Washed his hands and sealed his fate »

« Et j'étais dans les parages quand Jésus-Christ
A eu son moment de doute et de douleur
Diable, je me suis assuré que Pilate
S'en lave les mains et scelle son destin »

Sympathy For The Devil – The Rolling Stones

News… News… News…

Un prêtre du Nord incarcéré pour avoir abusé d'une dizaine d'enfants – Scandale de l'Euribor : la Société générale et le Crédit agricole impliqués – Tunisie : Ben Ali condamné par contumace à la prison à perpétuité – La chanteuse Lana Del Rey met en ligne la vidéo de « Summertime Sadness » – L'arrivée du footballeur Zlatan Ibrahimovic au PSG devrait rapporter 79 millions d'euros à l'État français.

1.

Vendredi 20 juillet, 20 h.
Levallois-Perret, banlieue de Paris (France).

Pressée, Katie sortit de sa poche deux billets de 10 euros chiffonnés et attrapa au vol la fiche de la course que lui tendait le chauffeur de taxi. Elle jaillit de la voiture sans attendre sa monnaie. La jeune femme était préoccupée, énervée même. Le conducteur du véhicule, un gars d'origine turque nommé Gülay, l'avait irritée pendant une bonne partie du trajet. À chaque feu rouge, il lui posait une nouvelle question sur son travail, la musique qu'elle aimait, sa vie sentimentale… La photographe n'avait répondu que par onomatopées jusqu'à ce que ce tchatcheur, visiblement fier d'être né et d'avoir grandi dans le département 93, au nord de Paris, comprenne que la jolie Black ne lui prêtait pas plus d'attention que cela. Son désintérêt manifeste l'avait contrarié. Gülay avait failli hausser la voix, mais il avait surpris juste à temps un regard glaçant dans son rétroviseur qui semblait le défier et lui signifier : « Ose, mon gars. Tu verras bien ce que tu récolteras ! » Déstabilisé, le petit frimeur de la banlieue nord avait vite ravalé sa fierté et renoncé. La course du taxi s'était achevée dans un silence pesant et lourd de menaces.

« Connard ! » À pas rapides, Katie se dirigea vers l'immeuble de bureaux qui lui faisait face. À son habitude, la jeune femme était vêtue d'un pantalon de treillis militaire et d'une chemisette kaki à manches courtes qui lui donnait un air de garçon manqué sans parvenir à dissimuler sa féminité, notamment ces seins ronds et fermes qui avaient magnétisé l'attention du jeune taxi. Elle pila devant la porte-tourniquet et fouilla dans son sac à la recherche de son badge visiteur. Où l'avait-elle encore laissé, bon sang ? L'Américaine farfouilla quelques secondes puis, agacée, finit par presser le bouton d'alerte à l'entrée. *Oh Lord*, elle avait vraiment envie de se griller une cigarette ! Ce n'était pas le moment. Un des hommes de la sécurité, un Malien aux larges épaules en costume sombre et bleuté, vint lui ouvrir. Il l'avait reconnue et la fit entrer sans commentaire. Elle lui en sut gré. Si quelqu'un débarquait à cette heure la veille d'un week-end, c'est qu'il devait y avoir une urgence. Elle se pressa vers les ascenseurs.

Au téléphone, Patrick Boudou, le rédacteur en chef adjoint de *Paris Flash*, avait été des plus laconiques : « Rapplique dare-dare au journal, on a besoin de toi ! C'est important ! Je ne peux rien te dire. C'est compliqué. Tu comprendras sur place. » Et il avait raccroché. Sans autre explication.

Ancienne étudiante aux Beaux-Arts, la jeune Américaine était installée à Paris depuis plus de dix ans. Katie Jeckson aimait son confort mais n'avait aucun goût pour le luxe. Contrairement à bon nombre de ses concitoyens, elle avait décidé que l'argent n'était pas sa première motivation. Ce qui l'intéressait avant tout, c'était de vivre sur les frontières, au bord du chaos, se confronter aux lisières du monde, là où elle pensait que s'agitait la vie, la vraie. Malgré ses capacités, elle avait longtemps vivoté comme photographe en travaillant au coup par coup pour des publications arty, des magazines féminins et quelques revues branchées. Ils payaient mal, elle ne s'en plaignait pas. Elle espérait mieux mais ne voulait compter que sur son talent et surtout son obstination.

Un mieux qui était devenu une réalité depuis quelques mois. La jeune femme aux traits délicats, au nez aquilin et à la silhouette fine et ferme, sculptée par des années de gymnastique et de Krav-maga, un sport de combat dans lequel elle excellait grâce à son père militaire, avait été acceptée au sein de l'équipe de *Paris Flash*. Katie n'y était encore que simple pigiste, une photographe débutante sous surveillance qui devait faire ses preuves, mais elle avait mis un pied dans la grande presse. Et c'était déjà beaucoup ! Elle avait démarré en bénéficiant d'un énorme coup de chance, en proposant des images exclusives du corps martyrisé de Clara Riopelle prises sur la scène présumée de son meurtre, en pleine forêt de Brocéliande. À l'époque, Katie réalisait un reportage sur les rave-parties illégales qui se déroulaient pendant l'été en Bretagne. Chanceuse, elle avait profité de l'indiscrétion d'un journaliste local qui avait le béguin pour elle et qui, désireux de l'impressionner, lui avait lâché une info. Elle avait su exploiter au mieux la situation. Le culot de la jeune femme, qui avait berné la gendarmerie en planquant à quelques mètres du lieu où avait été découverte Clara Riopelle, avait plu à Patrick Boudou. Après lui avoir simplement parlé au téléphone, et sans même l'avoir rencontrée, il avait forcé la chance et l'avait associée à Marc Torkan pour assurer le suivi de ce fait-divers singulier qui excitait toutes les rédactions de France. Un choix qui s'était avéré judicieux. L'association de la photographe ambitieuse avec l'ancien grand reporter sur le retour avait fait des étincelles. Pourtant, le duo avait eu quelques ratés au départ. Katie avait d'abord été déconcertée par l'attitude de son nouveau partenaire, un incompréhensible mélange de force et de fragilité. Un premier abord auquel il ne fallait guère se fier. C'était avant qu'elle ne découvre le drame qui avait démoli le journaliste, brisant sa confiance en la vie des années auparavant. Marc n'était pas indécis, mais réfléchi. Avant d'agir, il analysait, examinait toutes les options possibles. Au contraire, Katie avait l'habitude de foncer droit devant. Comme un bulldozer, laissant ses émotions gouverner ses actions. Ils avaient fini par s'habituer l'un à l'autre, par s'apprivoiser même. Pourtant, leur duo avait bien failli capoter après une altercation en Thaïlande. Furieuse, l'Américaine était rentrée en France avec le projet de vendre ses photos en l'évinçant. L'affaire s'était réglée. Marc avait passé l'éponge. Ils avaient ensuite travaillé main dans la main jusqu'à l'incendie du Kudeta, une discothèque branchée à Bali. C'est là que Jillian, une jeune DJette de sa connaissance qui leur avait permis d'infiltrer l'univers complexe de la musique techno, avait disparu, victime supposée de la catastrophe même si son corps n'avait jamais été formellement identifié parmi les morts comptabilisés sur la plage indonésienne.

Marc était le dernier à avoir vu en vie la jeune Française aux cheveux fauves. Elle était alors accompagnée d'Ulrich Ladik, alias Teknokiller, ce DJ soupçonné d'avoir torturé et assassiné plus d'une douzaine de jeunes femmes à travers le monde. Marc le lui avait confirmé : le comportement de Jillian avait été manifestement anormal – trop souriante, trop confiante. Comme si elle avait été sous l'influence d'une puissante drogue altérant son jugement. Sinon, comment aurait-elle accepté de suivre Ladik ? D'ailleurs, pourquoi n'avait-elle pas réagi lorsque Marc s'était porté à son secours avant d'être poignardé par le tueur ? Après l'incendie, et malgré les certitudes affichées des autorités policières indonésiennes pressées de mettre un point final à cette affaire, Katie n'avait pas cru à sa mort. Elle était persuadée que le tueur en série avait réussi à les berner et à échapper à l'incendie. Dans les semaines précédentes, lors des différents événements qui s'étaient déroulés aux îles Canaries[1], l'homme avait clairement montré qu'il avait d'autres projets pour Jillian que de la sacrifier à sa folie et de la voir mourir. Il percevait en la jeune femme bien plus qu'une simple proie. N'était-elle pas son élue, celle qui pourrait un jour poursuivre, parachever son œuvre ? C'était sans doute irrationnel, mais Katie avait compris qu'autre chose que la préparation d'un nouveau meurtre s'était joué à Bali entre Jillian et Teknokiller. Il y avait une part d'inexplicable dans leur entre-deux. Comme si la jolie rousse était fascinée par le tueur. Et qu'en retour, celui-ci éprouvait une forme d'amour pour elle. La photographe avait persévéré aussi longtemps que possible dans son enquête, la finançant sur ses propres deniers mais, sans l'aide décisive de Marc, ses intuitions autant que son expérience, elle n'avait pu aller bien loin. Après quelques semaines, les pistes avaient fini par s'étioler, puis s'éteindre. Une par une.

2.

Vendredi 20 juillet, 20 h 10.
Levallois-Perret, banlieue de Paris (France).

Aujourd'hui encore, l'Américaine ne comprenait toujours pas l'attitude de Marc, sa résignation soudaine. Katie savait qu'il aimait Jillian, qu'il s'était passé quelque chose entre eux lorsqu'ils étaient à Paris.

1. Voir *Le Chant des Âmes*, éditions Critic, 2011 ; Pocket n° 15055.

Se punissait-il pour avoir entraîné la jeune femme dans une histoire qui les dépassait tous ? S'estimait-il responsable de sa disparition ? À de nombreuses reprises, Katie avait donc appelé pour tenter de sortir le journaliste de ce qu'elle voyait comme de la délectation morbide, une léthargie suicidaire. Mais Marc n'avait répondu à aucun de ses appels. Comme s'il avait décidé de faire écran à ce nouveau drame, ou tout simplement de disparaître.

Katie était quelqu'un de fidèle. Mais elle savait qu'il y a un temps pour tout. Comme celui de se préserver et de penser à son avenir. Alors qu'elle recherchait des indices sur Jillian et Ulrich Ladik, la photographe s'était débrouillée pour rester en étroit contact avec la rédaction de *Paris Flash* grâce à Patrick Boudou, qui semblait la tenir en estime depuis la Bretagne et l'affaire Clara Riopelle. Quelques-unes de ses photos de l'incendie du Kudeta à Bali avaient notamment été publiées dans les pages centrales. Katie était ambitieuse, pragmatique. Elle avait conscience que le *news magazine* français était une carte de visite prestigieuse mais aussi rémunératrice. Un jour du mois de janvier, alors que la France avait tout juste perdu son triple A et que les quotidiens glosaient sur le déclin du pays, le rédacteur en chef adjoint de *Paris Flash* l'avait rappelée pour lui offrir un job de dernière minute. Un des photographes permanents venait de tomber malade, frappé par une gastro-entérite, et lui faisait défaut sur un fait-divers urgent. Sans même discuter, Katie avait accepté. Au volant d'une voiture de location dénichée au forcing à la Gare du Nord, elle avait quitté Paris et était partie au plus vite pour l'est de la France. Elle devait y retrouver un enquêteur du magazine pour couvrir le meurtre d'un adolescent tué d'un coup de couteau au cours d'une rixe pour une simple moto. Rien de bien compliqué. Katie avait juste eu à photographier l'émotion des habitants du petit village du Doubs où la victime avait été enterrée après une « marche blanche » qui avait rassemblé un millier de personnes. Trois jours sur place à suivre son binôme, un journaliste d'une trentaine d'années nommé Christophe, qui collectait des témoignages pour son article. Méthodique, celui-ci lui avait suggéré de reconstituer en images les différentes étapes de la dernière journée de l'adolescent assassiné. Grâce à cela, le sujet avait été publié sur deux doubles pages pleines dans le magazine. Satisfait, Patrick l'avait envoyée sur des reportages plus conséquents, d'abord en France puis à l'étranger. Christophe avait fait savoir au sein de la rédaction que l'Américaine était fiable. Aujourd'hui, quand Patrick l'avait jointe sur son portable, la jeune femme revenait tout juste de Lampedusa, une île au large de la Sicile. Des *harragas*, le nom donné aux immigrés clandestins libyens et tunisiens, étaient retenus dans un camp de transit après avoir traversé sur des barques une partie de la Méditerranée. Excédés, ils s'étaient mutinés un an plus tôt contre les autorités italiennes. Les forces de police dépêchées sur place avaient eu beaucoup du mal à contenir ces hommes déterminés, et les habitants de l'île avaient commencé à s'armer de pioches, de pelles et de couteaux pour régler leur compte à ces envahisseurs d'un nouveau genre. Les migrants ne faisaient pourtant que passer à Lampedusa et espéraient simplement une vie meilleure en Europe, sur le continent. Il n'y avait pas eu de victimes, mais la tension entre les deux communautés restait palpable. Accompagnée de Nathalie Garnier, une journaliste que l'on disait teigneuse comme un bull-dog, aux faux airs de l'effeuilleuse Dita Von Teese avec son visage pâle en ovale, son nez droit et ses cheveux sombres comme le jais, elle était revenue sur les lieux. Les deux femmes avaient préparé un « droit de suite ». Elles voulaient évaluer ce qui avait changé, *a contrario* ce qui n'avait pas bougé, et identifier les témoins de l'époque. Un an après, certains de ces *harragas* étaient toujours coincés derrière des barbelés. Comme Omar, un commerçant tunisien de quarante ans originaire de l'île de Djerba, qui, déçu par l'Europe, cherchait maintenant le moyen de faire le voyage dans l'autre sens pour retrouver sa famille. Pendant plusieurs jours, Katie s'était investie à fond, tentant de donner une signification symbolique à ses images. Sans jouer d'effets gratuits. Elle avait shooté Omar dans une crique rocheuse face à la Méditerranée, le regard tourné vers le sud, à l'endroit où il avait débarqué quinze mois plus tôt. Le reportage était bon. Tellement bon qu'il était déjà paru dans l'édition de *Paris Flash* vendue en kiosque dès le jeudi.

Ce vendredi soir, Katie se demandait donc ce qui pouvait susciter à la fois une telle urgence et un tel luxe de précautions. Un tsunami en Asie ? Un tremblement de terre en Turquie ? L'assassinat du tout nouveau Président de la République ? Dans le taxi, elle avait rapidement survolé les sites d'information sur son téléphone portable sans découvrir ce qui pouvait tant inquiéter Patrick Boudou. En ce milieu de mois de juillet, l'actualité s'était déjà mise au régime Jockey. Aucun événement notable sur la planète ne lui avait sauté aux yeux. Des gens mouraient partout dans le monde… Comme d'habitude. De toute façon, elle serait bientôt fixée. Elle s'engouffra dans un ascenseur et pressa le bouton qui menait au troisième étage, à la rédaction de *Paris Flash*.

3.

Vendredi 20 juillet, 20 h 40.
Levallois-Perret, banlieue de Paris (France).

Un long hurlement transperça le silence pesant qui régnait dans la pièce. Le cri s'acheva dans une abominable supplication. C'était une voix de femme. Elle implorait en anglais qu'on cesse enfin de la tourmenter.

— TUEZ-MOI, TUEZ-MOI !

Le rugissement métallique d'un moteur électrique similaire à celui d'une perceuse ou d'une ponceuse couvrit son cri un instant. Puis une nouvelle vocifération, comme une plainte animale, surgit des baffles de l'ordinateur, saturant les aigus. Le hurlement s'acheva dans une espèce de jappement déchirant que la femme répéta deux fois :

— S'il vous plaît… S'il vous plaît…

Sur l'écran autour duquel Katie, Patrick et les deux autres personnes présentes dans le bureau s'étaient rassemblés, un film défilait. Les images pixelisées et tremblotantes étaient tournées à peu près à hauteur d'épaule, celle d'un homme de taille moyenne. Elles pouvaient aussi bien provenir d'une caméra vidéo légère fixée sur un trépied que d'un simple iPhone posé sur un support stable. Une jeune femme aux cheveux blonds quasi blancs était cadrée en gros plan. Son visage aux traits fins était très, trop bronzé, presque cuit par le soleil. Sa bouche était distendue par un bâillon sophistiqué en forme de boule de caoutchouc, identique à ceux que l'on pouvait dénicher dans n'importe quel sex-shop comme accessoire pour une soirée fétichiste. Le mince collier de cuir auquel il était fixé lui cisaillait les joues, y imprimant une marque rosée. La boule était de couleur rouge vif. L'objet luisait de salive. Ainsi muselée, la femme était dans l'incapacité de prononcer une parole, encore moins de hurler. Mais son regard aux yeux grands ouverts, avec ses pupilles exagérément dilatées, ses paupières scotchées aux sourcils, semblait saisi d'une terreur indicible devant la scène qui se déroulait hors-champ. La caméra ne filmait que l'expression de son visage. Seuls les gémissements et le vrombissement lancinant du moteur électrique permettaient d'imaginer l'horreur qui se déroulait sous ses yeux.

Écœurée, prête à vomir, Katie chercha maladroitement la touche pause sur le clavier de l'ordinateur pour faire cesser ce spectacle atroce. La photographe fébrile se trompa. La fenêtre disparut de l'écran. Crispée, elle corrigea son geste et cette fois interrompit net le déroulement du film. Quand elle se retourna, des larmes brillaient au coin de ses yeux. Elle demanda avec une hargne à peine contenue :

— C'est quoi ? Qu'est-ce qu'on voit là ? Je ne comprends pas. Qui crie ? Et qui est cette femme bâillonnée ?

— Nous n'en savons rien, répondit Patrick Boudou après quelques secondes d'un silence impuissant.

Il avait écarté les mains devant lui en signe d'ignorance.

Le souffle court, Katie dévisageait le rédacteur en chef adjoint, cherchant un contact visuel, guettant ses gestes avant qu'il ne poursuive. En la comptant, ils n'étaient que quatre dans la pièce, un bureau du journal plongé dans un début de pénombre maintenant que le jour commençait à s'enfuir. Nul ne soufflait mot. Katie attendait. C'était comme si le Mal s'était brusquement invité au milieu de leur petite assemblée, une présence indicible mais insidieuse. L'Américaine entendait les respirations oppressées, les nez qui aspiraient goulûment l'oxygène, les bouches qui expiraient bruyamment le dioxyde de carbone. Tout cela lui sembla obscène après ce qu'elle venait de voir. Le silence se prolongea encore. Muette, il y avait là Catherine Bayle, la rédactrice en chef chargée des dossiers d'actualité, une jolie brune à la silhouette quasi anorexique. Sa peau couleur de nacre donnait l'impression qu'elle se fardait de blanc tous les matins. Associée à sa chevelure noir corbeau, celle-ci lui avait valu parmi les journalistes le surnom évocateur de Vampirella. Les bras solidement croisés sur sa poitrine menue, elle se tenait debout, appuyée contre un bureau, aussi pétrifiée qu'une statue de sel. Au milieu de la pièce, bien campé sur ses deux jambes légèrement écartées, Jacques Ledieur, le directeur de la rédaction, les manches de sa chemise blanche remontées sur ses avant-bras constellés de taches de rousseur, évitait le regard de Katie. Il fixait intensément l'image figée de la femme terrorisée sur l'écran scintillant de l'ordinateur. Il paraissait prêt à bondir, serrait et desserrait tour à tour les poings et contenait difficilement ce qui ressemblait aussi à de la fureur… Et peut-être autre chose. En l'examinant avec attention, Katie devina qu'il y avait aussi une intense excitation dans son attitude, celle du vieux journaliste flairant le scoop à même de relancer les ventes de son magazine pendant l'été. Patrick Boudou donnait le sentiment d'être le plus calme de ce petit groupe. Le rédacteur en chef adjoint jeta un regard à son supérieur hiérarchique. D'un coup, Jacques Ledieur relâcha ses épaules, qu'il avait contractées comme pour combattre, encaisser l'uppercut d'un boxeur ou résister à la charge brutale d'un adversaire au rugby. Il opina en direction de Patrick. N'attendant que ce signal, le rédacteur en chef adjoint lâcha alors un long soupir. Il se lança en s'adressant à Katie. Les autres savaient déjà…

— Nous avons reçu cette vidéo sous forme d'un fichier attaché via la mailbox du site Internet de *Paris Flash* voilà deux heures, dit-il. Depuis deux ans, nous avons un dispositif spécial qui permet à des personnes ayant assisté à un événement d'actualité de nous contacter et de proposer des photos ou des films comme sur les chaînes d'information. Le stagiaire qui assurait la veille l'a ouvert par hasard avant de nous alerter. Nous ne savons pas qui l'a envoyée, mais la vidéo était accompagnée d'un court message qui semble destiné à Marc.

— À Marc ? s'étonna la photographe. Marc Torkan ? Je ne comprends pas…

Elle s'interrompit puis demanda aussitôt :

— Mais qu'est-ce qu'indique ce message ?

— C'est un passage très connu de la Bible, répondit Patrick. Il y est écrit cette phrase : « Mon nom est légion, car nous sommes beaucoup… »

Chapitre 3

« ... Pleased to meet you
Hope you guess my name
But what's puzzling you
Is the nature of my game... »

« ... Ravi de vous rencontrer
J'espère que vous avez deviné mon nom
Mais ce qui vous déroute
C'est à quoi je joue... »

Sympathy For The Devil – The Rolling Stones

News… News… News…

États-Unis : un homme abat douze personnes dans un cinéma à Denver (Colorado) – Syrie : 30 000 réfugiés ont franchi le poste frontière d'El Masnaa au Liban – Suite à la fusillade de Denver, l'actrice Marion Cotillard annule sa venue au 20 h de TF1 pour la promo de Batman : The Dark Knight Rises *– Une mâchoire de 450 000 ans découverte à Tautavel (France) dans la grotte de la Caune de l'Arago – Les* *émissions de gaz à effet de serre ont augmenté de 1,9 % en Europe.*

1.

Vendredi 20 juillet, 23 h 30.
Bangkok, quartier de Sukhumvit (Thaïlande).

Marc sortit de l'ascenseur, s'avança dans le hall de l'hôtel et le passa rapidement en revue. Le journaliste dut s'y reprendre à deux fois avant de repérer le « rendez-vous » pour lequel le concierge l'avait réveillé au téléphone une demi-heure plus tôt. Celui-ci patientait dans une partie légèrement surélevée du hall, située en retrait à gauche de l'entrée. Il y avait là un grand espace qui servait de salon d'attente. Il était meublé d'un canapé, d'une table basse et de quelques fauteuils en rotin ; dans un coin de la pièce, un grand écran plat descendait du plafond. Il affichait en ce moment même le score de la retransmission d'un match de cricket opposant l'Australie et l'Inde. Discret, celui qui attendait Marc cultivait l'art de passer pour un homme sans importance. Un énorme pilier le dissimulait déjà en grande partie aux allées et venues des touristes ou hommes d'affaires clients de l'hôtel. Au premier coup d'œil, on le remarquait à peine tant il paraissait se fondre, se dissoudre presque dans l'atmosphère ouatée de l'endroit. Jambes croisées, le dos droit comme un I, l'inconnu était installé dans un des fauteuils en rotin. Il semblait absorbé dans la lecture d'un quotidien en langue anglaise. Il donnait l'air d'être mince sans être maigre, plutôt sec, comme s'il pratiquait régulièrement un sport d'endurance. De la course à pied, peut-être… Il était vêtu d'un complet léger, sombre et de bonne coupe, ainsi que d'une chemise blanche immaculée. Le seul détail vraiment marquant tenait à ses chaussures à bout pointu de type italien : un observateur attentif aurait remarqué que les semelles étaient recouvertes d'un fin caoutchouc antidérapant. Dans quel but ? Pour mieux grimper ? Se déplacer en silence ? Ou se battre ? À l'opposé du hall, sur la droite près de l'entrée où trois grooms vigilants et souriants en uniforme beige et marron guettaient les clients, un vieux pianiste asiatique, peut-être chinois, interprétait en sourdine un standard de jazz qui parut familier à Marc. Amateur de rock new wave et de pop indépendante du début des années quatre-vingt genre The Cure, New Order ou The Las, il dut fouiller dans sa mémoire pour retrouver le titre exact en anglais de la chanson. Quel était-il déjà ? *Strawberry Fields… Strange Fruit…* Non, *Strangers In The Night*. Oui, voilà ! Le journaliste réprima un sourire tant le titre du morceau paraissait approprié à ce qui les attendait, lui et l'homme assis dans le fauteuil en rotin. Ils seraient bientôt deux étrangers à errer dans les ténèbres qui enveloppaient depuis quelques heures Bangkok, la ville qui ne dormait jamais.

À l'arrivée de Marc, l'homme avait penché la tête de façon quasi imperceptible pour le suivre des yeux, sans pour autant changer de position. Attentif, aiguisé. Il avait noté le sac à dos coincé sur l'épaule droite du journaliste, son jean sombre, son T-shirt d'un bleu fatigué et ses rangers confortables et poussiéreuses. Malgré la quarantaine passée, le Breton était resté mince. Un peu voûté, les muscles trapèzes élargis grâce au surf qu'il avait pratiqué régulièrement ces dernières années sur la Côte sauvage, dans le Morbihan, Marc mesurait un peu moins d'un mètre quatre-vingts. Blond presque cendré, légèrement dégarni à l'arrière du crâne, l'ancien correspondant de guerre se déplaçait de façon un peu étrange, comme s'il glissait dans l'espace. Il n'avait pas mis le pied sur une planche depuis au moins un mois, mais son corps avait conservé les automatismes acquis sur les vagues et lui donnait cette allure singulière. À son tour, tout en franchissant le hall en quelques enjambées rapides, Marc détailla l'homme assis dans le fauteuil. Brun, les cheveux coupés court, le teint naturellement mat, l'individu qui semblait toujours plongé dans la lecture de son journal évoquait par son apparence et sa mise un Syrien élégant, un Turc ou tout autre ressortissant des pays situés sur la rive orientale de la Méditerranée. Il était en fait israélien. Il n'avait pas l'air dangereux, mais Marc le savait capable de tuer dans la seconde, même s'il ne l'avait jamais vu à l'œuvre. Au dernier moment, il se leva alors que le journaliste venait de traverser le vaste hall pour le rejoindre. Ses mouvements étaient doux, fluides, presque félins. Il donnait l'impression d'économiser ses gestes en prévision d'une attaque imminente. Les deux hommes se serrèrent pourtant brièvement la main.

— Tout est réglé ? demanda Marc, réprimant une certaine anxiété.

— Oui, répondit son interlocuteur. L'argent est là.

De la main droite, il tapota deux fois sa veste à l'emplacement supposé du cœur.

— Est-ce qu'il y a un risque ? s'inquiéta le journaliste.

— A priori, non. Mais sait-on jamais ? Ne suis-je pas là pour cela, après tout ? Vous protéger, Votre Altesse Sérénissime ? lança l'Israélien avec un rictus plein d'humour qui disparut aussi vite qu'il était apparu.

L'ex-grand reporter sourit à son tour en se remémorant leur première rencontre.

Trois mois plus tôt, Marc Torkan et l'homme du hall ne se connaissaient pas. Entre-temps, les circonstances les avaient réunis, les obligeant à faire équipe. L'Israélien lui avait été présenté dans la chambre d'un hôtel parisien sous le nom de Kiefer Wisemann par leur « employeur ». L'esprit vif, le Breton n'avait pu s'empêcher de lancer une pique provocatrice à celui qui s'était avancé pour lui serrer la main :

— Jack Bauer était déjà pris ?

— Que voulez-vous dire ? avait demandé l'Israélien d'un ton égal, tandis que ses yeux verts pétillaient.

Il pressait fermement ses doigts tendus.

— Qu'il m'est arrivé de regarder des séries télé, et que vous me semblez tout à fait le genre de type qui sauve le monde en vingt-quatre heures, avait répondu Marc du tac au tac. Vous auriez pu demander que l'on vous fabrique des faux papiers d'identité avec un pseudo un peu plus amusant.

— Comme quoi ?

— Je pense à un mélange comme James Connery ou Ethan Cruise…

— Et pourquoi pas Lara Croft ? avait répliqué l'homme du hall en pinçant les lèvres. Malheureusement, je ne crois pas que mon nouveau passeport aurait résisté à un contrôle poussé de mon intégrité physique.

Je reste pragmatique pour ce genre de choses. Mais vous aviez raison pour Jack Bauer…

— Pardon ? s'était étonné Marc, attendant la suite.

— C'était déjà pris. J'ai dû me rabattre sur le prénom du comédien qui l'interprétait.

— Un choix avisé, s'était de nouveau amusé le journaliste[1] qui appréciait le second degré du personnage.

Kiefer avait esquissé une grimace qui pouvait passer pour un sourire. La collaboration entre Marc et son étrange protecteur avait démarré ainsi. Sur le mode de l'ironie. Les deux hommes se comprenaient depuis à demi-mot. L'un cherchait des informations. Et l'autre… l'autre le protégeait. Ou le surveillait. Tout cela était tacite entre Marc et Kiefer.

***

Lek, leur « fixeur » thaïlandais, les guettait de l'autre côté de la rue, assis à l'écart des chauffeurs de taxi hélant les touristes qui s'aventuraient dehors malgré la moiteur de la nuit. Dans tous les pays du monde, les reporters employaient ce genre de facilitateurs pour être au plus vite opérationnels et obtenir des informations. En particulier dans une ville comme Bangkok, où quatre-vingt-quinze pour cent de la population ne comprenaient pas l'anglais et n'utilisaient que la langue thaï, aussi complexe à apprendre pour un Occidental que le Chinois. Quand Marc et Kiefer avaient quitté le hall de l'hôtel, Lek avait jeté d'une pichenette sa cigarette à demi entamée dans le cani-

1. Jeu sur le sens du mot « Wisemann » qui signifiait astucieux en anglais.

veau et s'était engouffré dans sa voiture, une quatre portes de marque coréenne légèrement cabossée, à l'image de la plupart des véhicules qui jouaient à touche-touche dans les rues de la capitale. L'homme leur servait de guide dans la ville depuis le début de la semaine. Il parlait couramment anglais et se targuait de connaître Bangkok comme sa poche. Lek leur avait été recommandé par un des nombreux contacts du réseau que Simohna Sheraïm semblait avoir développé dans la région et à travers le monde. Pouvaient-ils se fier à lui ? Marc l'espérait. Sourire aux lèvres, tatouages en écriture khmère bien visibles sur ses avant-bras, le fixeur les avait accueillis dès leur arrivée à l'aéroport. Avec discrétion. Presque humilité. Marc savait que, sans ce genre de personnage, leur enquête sur place était vouée à l'échec. Kiefer n'avait pas émis d'objection à son embauche. Le Thaïlandais était payé 200 dollars par jour, une petite fortune à l'échelle locale, pour les aider à démêler le vrai du faux et à trouver une piste.

Dès le départ, l'entregent et les connexions de Lek dans la capitale leur avaient été d'une aide précieuse. En moins de quatre jours, à force de rendez-vous discrets autour du fleuve, il avait réussi à les mettre en relation avec un flic plus bavard que les autres, un dénommé Charoen appartenant à la brigade criminelle de Pathum Thani. L'homme voulait de l'argent. La première rencontre avait eu lieu dans un fast-food, en présence de Lek qui servait de traducteur pendant que, assis à l'écart, Kiefer surveillait discrètement les entrées et les sorties. En échange d'un dessous de table de 500 dollars, le policier leur avait confié une copie du rapport d'autopsie rédigé en anglais et en thaï. Il leur avait aussi révélé des informations qui n'avaient jamais filtré dans la presse. Marc avait ainsi appris le prénom et le nom de famille de la jeune femme découverte dans le fleuve Chao Praya : Nadejda Kanijtiva. Ainsi que la profession qu'elle exerçait à Bangkok : escort-girl. Quand il s'en était étonné, faisant remarquer les milliers de prostituées thaïes sur place, Lek l'avait regardé, avait secoué la tête avec un drôle de sourire, puis avait traduit pour Charoen. Le policier avait eu le même rictus moqueur avant de répondre.

— Qu'est-ce qu'il dit ? avait demandé Marc.

— Que tu ne connais vraiment pas la Thaïlande, avait expliqué le fixeur. Ici, le sexe est omniprésent depuis la nuit des temps. Les putes thaïes, c'est très bien pour les touristes, mais les Occidentales, en particulier les Russes, c'est mieux. Elles sont très recherchées.

Pressé de questions par le journaliste, Charoen avait poursuivi. Il lui avait décrit comment la brigade criminelle avait mené son enquête. Celle-ci avait interrogé plusieurs escort-girls qui travaillaient pour *Elegant Angels*, la même agence que Nadejda, notamment une fille nommée Louma à qui elle s'était souvent confiée. Le policier avait raconté son arrivée à Bangkok, le fait qu'elle avait voulu s'émanciper de son agence, son enlèvement en plein jour au Sheraton. Chaque fois, Lek traduisait. La rencontre durait depuis presque une heure quand brusquement Charoen avait repoussé sa chaise. Il avait jeté un coup d'œil vers la rue et filé sans autre explication. Juste au moment où Marc venait de lui demander si la police avait trouvé une piste concernant les responsables de son kidnapping. Kiefer avait fait mine de se lever pour stopper le policier, mais le fixeur avait fait signe de le laisser partir. « Il me recontactera. Il veut simplement plus d'argent », avait-il soufflé à Marc. Lek avait raison. Dix minutes plus tard, le Thaï avait reçu un coup de téléphone alors que les trois hommes quittaient le fast-food. Contre la promesse d'un second pot-de-vin de mille dollars, le policier avait accepté de les rencontrer à nouveau le lendemain dans un lieu où ils pourraient parler tranquilles. Lek devait les y emmener. Ce soir, Marc espérait en découvrir beaucoup plus. Qui était derrière cette exécution ? Qui étaient les responsables de ce meurtre atroce ?

Depuis quelques semaines, Marc avait un nouvel employeur pour le moins surprenant. Tout était arrivé si soudainement. Un coup de téléphone en début de soirée dans sa maison de Bretagne située au fond d'une anse tranquille du golfe du Morbihan. Le journaliste s'apprêtait à dîner seul. Personne ne l'appelait là-bas, à part des proches et Katie Jeckson. Il avait décroché. L'appel émanait d'une femme. Elle s'exprimait dans un anglais châtié, à peine contrarié par un fort accent qui lui faisait rouler les r et buter de façon gutturale sur les voyelles. L'inconnue s'était rapidement présentée. Un instant, Marc avait été surpris. C'était la mère de Nava Sheraïm, l'une des victimes du tueur en série connu sous le nom de Teknokiller. Le corps mutilé de la jeune femme avait été découvert sur l'île de Kho Samui en Thaïlande où le journaliste s'était rendu pour enquêter un an plus tôt avec la photographe américaine quand ils avaient compris que l'affaire Clara Riopelle était liée à l'univers de la musique techno et aux rave-parties[1]. Simohna avait été directe : elle avait une offre à lui faire.

— Monsieur Torkan, l'article que vous avez écrit et qui a été publié l'été dernier dans le magazine *Paris Flash* m'a enfin permis de mettre un nom et un visage sur l'assassin de ma fille Nava…

Sa voix s'était brisée un instant en prononçant son prénom. Sur le moment, Marc n'aurait su dire si c'était de la fragilité, de la rage ou autre chose encore… Elle s'était reprise aussitôt et avait poursuivi avec une détermination farouche.

— … Je vous en serai à jamais reconnaissante. Nava était mon soleil, ma raison de vivre. Lorsque j'ai appris que mon enfant avait été assassinée, je n'ai pas voulu me morfondre en attendant que l'on découvre son bourreau ni que sa mort soit inutile. Avant même que vous partiez en Thaïlande, je m'étais rendue sur place plusieurs fois. En vain. Mais je suis une femme très écoutée en Israël, j'ai fini par y créer avec l'aide d'amis une organisation baptisée Uriel. Elle se charge d'enquêter sur les violences faites aux femmes à travers le monde. Aujourd'hui, je voudrais que vous rejoigniez nos rangs. J'ai besoin de vous pour travailler sur plusieurs meurtres inexpliqués qui semblent n'intéresser personne d'autre que moi.

Marc était resté un moment silencieux. Cette proposition soudaine lui paraissait bizarre.

— Je ne comprends pas, avait-il répondu avec défiance. Qu'est-ce que vous voulez que je fasse ?

— Vous êtes journaliste, avait répliqué Simonha. Vous savez enquêter, poser des questions. Je vous pro-

1. Voir *Le Chant des Âmes*, *op. cit.*

pose de le faire non plus pour un journal mais pour moi, à travers la fondation Uriel. J'ai les moyens de vous payer et, surtout, j'ai les moyens de financer vos recherches. Toutes vos recherches…

— De quoi parlez-vous ?

— D'une jeune femme nommée Jillian qui vous est très chère. Je sais qu'elle a disparu en Indonésie dans l'incendie du Kudeta, une discothèque. Son corps n'a pas été identifié formellement parmi les victimes. Je sais aussi que vous l'aimez.

— D'où tenez-vous ces informations ? avait riposté Marc, aussitôt sur ses gardes.

— Je viens de vous le dire, avait répondu l'Israélienne. J'ai gagné beaucoup d'argent. J'en gagne encore. J'ai fait fortune dans les cosmétiques en créant ma propre société avant d'entrer en politique. Mon mari m'a quittée voilà des années. Mon unique enfant est morte. J'ai cinquante-trois ans et je suis aujourd'hui un fruit sec. Il ne me reste que la vengeance. C'est ce qui me tient. Je suis persuadée qu'Ulrich Ladik n'est pas mort à Bali. Je retrouverai sa trace un jour, car je sais qu'il frappera de nouveau. Je veux voir le salopard qui a torturé Nava disparaître de la surface de la Terre. Et je veux pouvoir lui cracher à la gueule avant qu'il ne disparaisse dans le Beher, le puits des enfers. Mon organisation a les moyens d'agir dans le monde entier. J'y veille. Je vous propose d'en faire partie. Vous avez une journée pour réfléchir. Je vous rappellerai demain à la même heure. Je crois en la vengeance divine, mais encore plus à celle des hommes. Ne me décevez pas !

Simohna avait raccroché brusquement, laissant Marc déconcerté.

2.

Vendredi 20 juillet, 21 h.
Levallois-Perret, banlieue de Paris (France).

— Je suppose que vous avez déjà prévenu Marc, lança Katie comme une évidence.

— Non, pas encore, répondit Patrick.

— Mais qu'est-ce que vous attendez ?

— Nous ne sommes pas certains à 100 % que ce message lui était adressé.

— Mais tu viens de me dire le contraire à l'instant, objecta la photographe désorientée.

— C'est compliqué.

— Je ne comprends pas…

Katie dévisagea les trois journalistes qui l'entouraient. Embarrassés, Patrick Boudou et Jacques Ledieur se tournèrent vers Catherine Bayle.

— Allez-y, expliquez-moi, réclama l'Américaine.

Visiblement mal à l'aise, la rédactrice en chef soupira. D'un coup, elle se décida et décroisa les bras. Elle avança d'un pas et tendit à Katie la Bible de poche qu'elle tenait jusque-là dissimulée. La photographe s'en empara. Le livre s'ouvrit sur une page dont l'angle était corné. Lentement, elle lut une première fois le texte entouré d'un cercle de feutre rouge. Elle le répéta à haute voix en détachant les syllabes :

— « Et il l'interrogeait : “Quel est ton nom ?” Il dit : “Légion est mon nom, car nous sommes beaucoup.” »

Katie releva la tête, attendant une explication.

— C'est tiré de la Bible de Jérusalem, commenta

Catherine. Cet extrait raconte comment Jésus, de passage dans le pays des Géraséniens, est abordé par un inconnu qui se dit possédé par le démon. L'homme le supplie de le délivrer des tourments qui l'accablent. Jésus l'écoute, prie, et il chasse de son corps les esprits impurs qui torturaient le possédé pour les envoyer sur un troupeau de porcs. Selon le texte, ceux-ci étaient au nombre d'environ deux mille. Infestés par des démons, les animaux se précipitent alors vers la mer, et meurent tous noyés.

— Je ne comprends toujours pas. Quel est le rapport avec Marc ? interrogea Katie, franchement perplexe.

— La citation est tirée d'un des Évangiles… L'Évangile selon saint Marc.

Chapitre 4

« ... I stuck around St. Petersburg
When I saw it was a time for a change
Killed the czar and his ministers
Anastasia screamed in vain... »

« ... J'ai traîné du côté de Saint Petersbourg
Quand j'ai vu qu'il était temps que cela change
J'ai assassiné le tsar et ses ministres
Anastasia a hurlé en vain... »

Sympathy For The Devil – The Rolling Stones

News... News... News...

Côte d'Ivoire : sept casques bleus tués dans une attaque de rebelles libériens – Séisme de magnitude 5,6 au large de la Turquie – L'actrice Selena Gomez, égérie d'un parfum baptisé The Debut Fragrance – Symantec annonce que le super virus Flame n'est plus opérationnel – Finistère : double homicide et pendaison dans un drame familial.

1.

Mercredi 18 avril, 3 h 05 du matin.
Pointe du Blaire, Morbihan (France).

La façon abrupte dont la mère de Nava Sheraïm avait mis fin à la conversation téléphonique avait exaspéré Marc. L'ancien grand reporter n'avait pas l'habitude d'être traité de manière aussi brutale par une inconnue. Mais sa proposition l'avait aussi excité. Depuis des mois, il tournait en rond, attendant un signal, un début de piste, n'importe quoi pour l'occuper. Cette femme qui semblait ne rien ignorer de lui, jusqu'à sa relation avec Jillian, lui mettait la pression. D'habitude, il détestait ce genre de procédé et envoyait balader ceux qui y avaient recours Mais là, c'était une occasion inespérée. Une petite lueur dans l'obscurité. Simohna lui avait accordé une journée pour se décider. C'était amplement suffisant pour en découvrir un peu plus sur celle qui se proposait de devenir son employeuse. Marc était intrigué par l'organisation Uriel dont l'Israélienne s'était revendiquée. Quels étaient ses moyens réels ? Qui se cachait derrière ? Était-elle bien réelle ? Il démarra par le plus évident en se connectant via Internet, la base de données la plus accessible et la plus universelle. La mémoire numérique des hommes. Sur le clavier de son ordinateur, il tapa les cinq lettres « Uriel » sur le portail d'accueil de Google. Ce simple mot renvoyait à plus de quinze millions d'occurrences. Marc aurait pu passer des années à explorer la Toile sans dénicher le moindre indice probant. Il ajouta donc le nom « Simohna Sheraïm » à sa recherche. Il n'obtint aucune correspondance cohérente. Il essaya le nom seul. Toujours sans résultat. Le journaliste revint alors en arrière et cliqua sur la première mention en haut de la liste concernant le mot « Uriel ». L'encyclopédie Wikipédia lui donna aussitôt quelques indications intéressantes. Il les lut avec attention. Dans la tradition juive, il signifiait « Le Feu de Dieu » et selon Le Livre d'Enoch, dans l'Ancien Testament, l'ange baptisé de ce nom était autant celui qui apportait « les lumières de la connaissance de Dieu » aux hommes que le porteur de ses châtiments. C'est un bon début, se dit Marc. Le journaliste poursuivit sa lecture, mais le reste de l'article mentionnait pêle-mêle le titre d'une chanson du groupe The Ark, deux séries télé qu'il pensait avoir vaguement entraperçues (*Supernatural, Bones*) et plusieurs jeux vidéo dont l'un au moins des personnages était nommé ainsi. Rien de tout cela ne lui semblait coller avec ce qu'il cherchait.

Marc réfléchit quelques secondes. Il accola de nouveau à « Uriel » un second terme : « organisation ». Aussitôt, il tomba sur un lien renvoyant vers une société de conseil en communication basée à Monaco. Mais, après avoir vainement exploré le site en sondant la dizaine de dossiers qui y étaient regroupés sans que rien ne vienne titiller son instinct de journaliste, Marc passa au suivant. Il semblait aussi hors de propos. Méthodiquement, il cliqua sur un troisième lien numérique. Cette fois, il fureta sur le site d'une société de produits pharmaceutiques baptisée elle aussi Uriel. Sans intérêt en apparence. Dans les films et les séries télé, les héros découvraient en quelques clics les indices indispensables pour résoudre une enquête complexe. Dans la vraie vie, cela prenait plus de temps. Infiniment plus. Mais Marc était patient. Il y passerait la nuit, mais il ne doutait pas qu'il finirait par identifier quelque chose à quoi se raccrocher. Le journaliste navigua pendant une bonne heure. Il y avait de tout sur la Toile. Un instant, il crut avoir trouvé en dénichant une secte baptisée Uriel, connue aussi sous le nom de « La Voie de la Lumière », dont un rapport parlementaire de 1995 dénonçait les pratiques douteuses. Une société de design spécialisée dans la restauration. Un jeu de rôle en ligne… Cet inventaire à la Prévert ne menait nulle part. Marc leva les yeux de son écran. Il tourna la tête à gauche, puis à droite. Où avait-il rangé ses cigarillos ? Il ressentait maintenant le besoin quasi physique de fumer pour réfléchir, de sentir la nicotine lui picoter la nuque, lui électriser le cerveau. Une sale habitude prise voilà des années dans les salles de rédaction, du temps où l'on pouvait encore en griller une sans se faire incendier, et où la première bouffée qu'il soufflait coïncidait comme un déclic avec les tout premiers mots de l'article qu'il tapait devant son écran. Le journaliste dénicha finalement la boîte dans un tiroir de son bureau, sous un fatras de courriers non ouverts. Il alluma un de ses mini-cigares, et en aspira avec avidité une longue taffe au goût âcre. À l'instant où il rejetait la fumée, il eut comme un flash. « Comment puis-je être aussi borné ? » se morigéna-t-il *in petto*. Simohna n'avait-elle pas mentionné que c'était en Israël qu'elle avait créé son organisation ? Logiquement, à moins qu'elle n'ait quelque chose à dissimuler, il devrait pouvoir en trouver des mentions dans des articles rédigés en hébreu. Il entra sa nouvelle recherche sur le moteur internet, et lâcha presque aussitôt un « Putain ! » sonore. Contrarié. La représentation d'un clavier d'ordinateur avec des lettres en alphabet hébraïque scintillait sur son écran. Marc n'avait pas la moindre idée de la façon dont se lisait cette langue, encore moins de celle dont elle s'écrivait. Calmement, il aspira une nouvelle bouffée de tabac qu'il souffla aussitôt. Ne t'énerve pas ! Cherche ! Il y a forcément une trace quelque part. Il revint sur le site du moteur de recherche en français, et fit défiler la page. La solution était peut-être là… Inscrite en bas à droite en lettres grisées. Il bascula sur la version internationale en anglais, et recommença sa dernière opération : « Uriel + organisation ». Ce qu'il tentait de trouver depuis deux bonnes heures lui sauta aux yeux dès la première ligne. Il cliqua sur le lien. Il existait bien une organisation baptisée *Vet Uriel* dont le siège se situait en Israël, à Jérusalem. Simohna Sheraïm en était présentée comme la fondatrice mais y apparaissait sous son nom de jeune fille : Rivlin. À en croire sa biographie, c'était une femme d'affaires qui avait obtenu un succès certain en commercialisant plusieurs lignes de cosmétiques. Elle s'était ensuite lancée dans la politique et avait été élue une première fois, puis réélue députée du parti Likoud, une formation de la droite conservatrice et libérale présente à la Knesset, le parlement israélien. Le site n'affichait aucun portrait de Simohna. Mais un texte d'introduction décrivait les circonstances de la création de la fondation. Sans pathos. La mère de Nava expliquait en quelques mots le meurtre sauvage de sa fille, la découverte de son corps sur l'île de Kho Samui, le chagrin qui l'avait frappée et le but de son organisation : rendre justice aux femmes victimes de violence à travers le monde. Marc examina les statuts.

Tout correspondait.

Il écrasa son cigarillo dans un cendrier déniché sur un coin du bureau. Il venait de prendre sa décision.

***

Trois jours plus tard, Marc rencontrait pour la première fois Simohna Sheraïm dans la suite couleur crème d'un luxueux et discret palace parisien situé dans une rue perpendiculaire à l'avenue des Champs-Élysées. Un garde du corps en costume gris anthracite muni d'une oreillette l'avait fait patienter quelques secondes afin de vérifier son identité en comparant son visage avec un portrait figurant sur son téléphone portable. L'homme prit son temps, puis opina de la tête pour indiquer qu'il avait satisfait à l'examen. Dans le minuscule micro fixé à son poignet droit, le cerbère prononça une phrase dans une langue rêche que Marc ne comprit pas. Il l'identifia néanmoins. De l'hébreu... La porte de la suite s'était alors ouverte. Une jeune femme, blonde magnifique aux longs cheveux bouclés, vêtue d'un tailleur sombre lui avait fait signe d'entrer. Elle s'était présentée en français comme l'assistante personnelle de Mme Simohna Sheraïm et l'avait prié de la suivre. Brune, la peau mate d'une Méditerranéenne, les yeux noirs, le regard ardent, la députée l'attendait, assise sur un canapé. À son arrivée, elle s'était levée d'un coup pour l'accueillir avec un sourire qui se voulait chaleureux mais qui s'apparentait malgré tous ses efforts à une grimace. Marc nota son élégance discrète et passe-partout. Celle d'une femme habituée à donner des ordres depuis des années et à se faire obéir quoi qu'il en coûte. Elle était vêtue d'un tailleur-pantalon bleu marine et d'un chemisier blanc.

Marc devina la tension qui l'habitait au simple geste machinal qu'elle répéta en tournant plusieurs fois de la main droite l'anneau qu'elle portait au majeur de sa main gauche. Un second garde du corps se trouvait dans la pièce. Debout, bras croisés, il se tenait appuyé contre le chambranle de la porte menant à une autre pièce.

— Puis-je vous serrer dans mes bras ? demanda soudain Simohna de façon incongrue.

Surpris, Marc avait fait signe que oui. Elle s'était approchée et l'avait alors enlacé. Avec douceur, puis fermeté. Avant de se retirer, elle lui avait soufflé à l'oreille :

— Merci.

Leur conversation n'avait duré qu'une demi-heure. Simohna Sheraïm lui avait pourtant expliqué en détail ce qu'elle attendait, ou plutôt espérait de lui.

— Ulrich Ladik est encore en vie, avait-elle lancé d'emblée. Je le sais. Vous le savez. Mais ni moi ni vous n'avons la moindre idée de l'endroit où ce salopard se cache pour le moment. Si je ne peux pas le trouver, je peux au moins honorer la mémoire de ma fille Nava et rendre justice à ces jeunes femmes qui disparaissent dans le monde entier, victimes de violence, de viols et de meurtres…

Attentif, Marc écoutait.

— J'ai tissé un réseau à travers le monde, poursuivit-elle. Dans plusieurs pays, en particulier en Asie où ma fille a été assassinée, des « amis » alertent la fondation Uriel lorsqu'une affaire suspecte leur semble étouffée par les autorités locales. Il y a quelques jours, nous avons reçu un message d'un informateur anonyme en Thaïlande. Il nous a mis sur la piste d'une jeune femme dont le corps a été retrouvé voilà plusieurs mois dans le fleuve Chao Praya qui traverse Bangkok. Personne ne connaît son nom. La police n'a rien fait. Je voudrais que vous vous rendiez sur place pour enquêter, découvrir son identité et rassembler des preuves pour identifier son ou ses meurtriers.

— Pourquoi moi ? Un détective privé ferait l'affaire.

— Je ne fais travailler que des gens qui savent ce que c'est que de perdre un être cher. Je sais que vous irez jusqu'au bout. Vous me l'avez déjà prouvé avec ma fille.

— Votre informateur en Thaïlande… Vous n'avez aucune idée de qui il s'agit ?

— Sans doute un haut fonctionnaire qui craint pour sa vie et ne souhaite pas révéler son identité, mais nous avons recoupé ses informations grâce à d'autres contacts locaux, et elles sont confirmées.

— Quelles sont vos conditions ?

— Je veux simplement que cet homme vous accompagne.

Simohna Sheraïm le désigna. Elle s'était tournée vers celui que Marc avait pris pour son deuxième garde du corps.

— Il vous protégera, dit-elle.

— Et comment s'appelle mon garde du corps ?

— Kiefer Wisemann.

2.

Samedi 21 juillet, 3 h 30 du matin.
Bangkok, quartier de Thonburi (Thaïlande).

Ils étaient dans la merde. Comment avaient-ils pu se jeter dans un tel piège ? À bout de souffle, Marc s'arrêta de courir. Il avait l'impression que son cœur allait exploser dans sa poitrine. Où était passé Kiefer ? Il glissa sa paume lisse sur son visage trempé de sueur et dans ses cheveux et sentit l'odeur ferreuse du sang qui lui poissait les doigts. Il eût un haut-le-cœur et faillit vomir. Une main se posa sur son épaule. Il sursauta. Une autre l'avait déjà bâillonné pour l'empêcher de crier.

— Ferme-la ! ordonna sèchement Kiefer. Suis-moi !

Lek les avait baisés comme des débutants… Plus tôt dans la soirée, le guide thaïlandais leur avait fait parcourir une bonne partie de Bangkok en voiture, malgré les embouteillages, avant de se garer sur la rive est du Chao Praya, à une dizaine de mètres de l'un des embarcadères du marché aux fleurs de Pak Khlong. Un « *long tail* »[1], sorte de pirogue typique à moteur hors-bord qu'utilisaient les habitants de Bangkok comme taxi fluvial, leur avait permis de traverser l'immense fleuve aux eaux boueuses. Puis l'embarcation s'était engouffrée dans le dédale des canaux de la rive ouest. Celle-ci abritait le quartier résidentiel peu fréquenté par les *farangs* – le nom local donné aux touristes – de

1. Littéralement « longue queue ».

Thonburi. Le trajet avait duré une bonne heure, les emmenant toujours plus profondément dans les circonvolutions des faubourgs de la mégalopole siamoise endormie. Des maisons de bois posées sur pilotis et hautes de trois étages maximum se pressaient les unes contre les autres, ouvertes en direction du canal pour la plupart. Certaines semblaient prêtes à s'effondrer, rongées par l'humidité. Sur les rives, une marque plus sombre indiquait jusqu'où les dernières inondations de la saison de pluie étaient montées. De temps en temps, un temple bouddhiste orné de dragons dorés venait s'intercaler entre les bâtiments. Une forte odeur de vase, amplifiée par la chaleur de la nuit, flottait sur les eaux stagnantes. Au bout d'un long moment, Lek avait crié quelque chose en thaï et agité la main pour faire signe au barreur de ralentir et de se rapprocher de la berge. Attentif, Marc avait alors vu un ponton se dessiner dans une demi-obscurité puis, juste au-dessus, il avait deviné une bicoque mal éclairée qui semblait servir de buvette. Ils avaient à peine débarqué que la pirogue faisait demi-tour et s'éloignait déjà. Le journaliste n'eut pas le temps de s'en étonner. Un comité d'accueil les attendait en haut des marches branlantes. Trois Thaïlandais costauds en T-shirts ou chemisettes légères à manches courtes. Visages fermés. Leur attitude paraissait étrange, menaçante. Pourquoi étaient-ils là ? Que signifiait leur présence ? Ils s'effacèrent avec réticence pour les laisser passer. Marc n'aurait su dire s'ils étaient des flics ou des hommes de main. Inquiet, il se tourna et lança un regard à Kiefer, qui, impassible, le lui rendit sans plus d'indications. Sa veste autour du bras, l'Israélien paraissait surtout veiller à ne pas salir ses chaussures à bout pointu.

Il y avait deux autres hommes dans la buvette. Marc ne reconnut pas le policier de la veille parmi eux. Où était-il passé ? Celui qui semblait être le chef, un Thaï d'une cinquantaine d'années au physique épais, les joues grêlées par des marques de petite vérole, leva les yeux et les dévisagea d'un air méprisant. Il était installé derrière une de ces tables de jardin en plastique blanc que l'on trouvait maintenant partout dans le monde et sur laquelle trônaient en évidence un flacon de whisky local et une dizaine de bouteilles de bière Tiger d'un demi-litre. La plupart étaient vides. Le gros Thaï en porta une à la bouche, avala trois gorgées et lâcha un rot sonore et dédaigneux.

— Lek, mon ami, qu'est-ce qui se passe ? Où est l'homme que nous devions voir ? Et qui sont ces gens ? demanda Marc.

Le fixeur ne répondit rien. Il se contenta de baisser la tête et s'écarta légèrement du milieu de la pièce en faisant trois pas de côté.

— Vous êtes trop curieux ! Vous posez trop de questions ! lâcha soudain le Thaï à la peau grêlée en reposant violemment sa bière sur la table, qui vacilla.

L'homme s'exprimait dans un anglais morcelé mais compréhensible. Il reprit :

— Dans cette ville, c'est moi qui pose les questions. Pourquoi vous intéressez-vous à la pute russe ? Qui vous envoie ?

— Et vous, qui êtes-vous ? riposta Marc sans se démonter.

Le Thaï ne répondit pas mais soupira bruyamment en secouant la tête de gauche à droite, comme déçu par l'attitude négative du journaliste. Ensuite, il leva deux doigts de sa main droite. Le signal qu'attendaient ses complices pour encercler les deux Occidentaux et lancer l'assaut.

Tout se joua en quelques secondes.

Avec un cri strident, un premier Thaï s'élança dans leur dos en brandissant un court tuyau de plomb à bout de bras. Surpris, Marc tourna la tête, pivota, leva les poings en avant, prêt à se défendre. Kiefer s'interposa. Il y eut un craquement sec, celui de l'os d'un bras cassé net. Puis, brusquement, le crâne de l'assaillant partit en arrière en même temps que le coude gauche de l'Israélien le percutait sous le menton. Un nouveau bruit sec. L'homme s'effondra. Mort. La pomme d'Adam explosée. Kiefer ne laissa pas aux deux autres membres du comité d'accueil une seconde chance de coordonner leur offensive. Il marcha vers le premier, para son assaut d'une simple rotation du buste et lui creva l'œil d'une pique de la main. Le Thaï hurla, fou de douleur. Surpris, l'autre recula pour se mettre en garde de boxe thaï, poings fermés à hauteur des épaules. Il avança ensuite pour porter une attaque avec un violent front-kick de la jambe droite, mais Kiefer était déjà sur lui, entré dans sa garde. L'Israélien avait lancé un coup de pied piqué qui atteignit son adversaire un peu au-dessous de l'estomac, près des parties génitales, et força l'homme à se plier en deux, exposant le haut de son crâne. Kiefer le percuta d'un nouveau coup de coude, cette fois vers le bas. D'un autre mouvement rapide et à peine visible, il le faucha avec un balayage du pied qui ne lui servait pas d'appui. Quand le Thaï s'écroula à terre, il lui assena un ultime coup de coude dans le dos qui fit craquer sa colonne vertébrale. Fin du combat.

— Attention !

Par réflexe, Marc se jeta en arrière. Il évita ainsi de

justesse la lame d'une sorte de machette qui fonçait droit vers lui. Un quatrième Thaï, celui qui se tenait près du chef, un costaud tout en muscles, s'était à son tour élancé dans la bagarre. L'avertissement de Kiefer venait de lui sauver la vie. Marc s'était déjà battu, mais jamais pour son existence. Il sentit son rythme cardiaque bondir sous les effets conjugués du stress et de l'adrénaline. Il recula et leva les poings devant sa poitrine, prêt à défendre chèrement sa peau. Mais Kiefer s'interposa de nouveau. Comme un souffle de vent léger. Quand l'homme lança son attaque, il s'effaça d'un rapide pas sur le côté puis saisit la main de son adversaire qui avait traîné un dixième de seconde. Trop longtemps, dans un combat. D'une torsion sèche, il le fit basculer vers l'avant. Au passage, Kiefer lui percuta la tempe du poing puis, le tenant toujours fermement, il frappa la base du nez avec son pouce. Le sang du Thaï gicla comme un geyser de pourpre, éclaboussant Marc, le plafond et la paroi en planches de la cabane.

Un coup de feu éclata, puis un second. Les balles se perdirent dans la nuit. Furieux, l'Asiatique aux joues grêlées agitait un revolver automatique dans leur direction. Kiefer entraîna précipitamment le journaliste vers la sortie par laquelle Lek avait déjà disparu. Première règle des arts martiaux : « Si tu ne peux pas gagner, prends le large… » Ils s'enfuirent en courant dans l'obscurité tandis que résonnaient les cris de rage et de douleur de leurs agresseurs encore en vie.

***

Pourquoi ces hommes les avaient-ils attaqués ? Était-ce vraiment à cause de leur enquête sur Nadejda

Kanijtiva, la « pute russe », comme l'avait mentionné le Thaï au revolver en l'interrogeant ? Dans quoi s'étaient-ils fourrés ? Qui avaient-ils dérangé à ce point pour qu'on veuille les éliminer sans plus de formalités ? Les questions se bousculaient dans la tête de Marc alors qu'il trottinait derrière Kiefer. Celui-ci s'arrêta net à un coin de rue. En nage, le journaliste ralentit et vint le rejoindre.

— As-tu accès à Internet sur ton téléphone ? lui demanda Kiefer à voix basse.

— Oui, souffla Marc. Si la connexion passe…

— Vérifie où l'on est et essaie de charger un plan des environs pour qu'on puisse se diriger vers le fleuve.

Marc sortit son smartphone de sa poche et suivit les instructions. Il s'aperçut qu'on avait tenté de le joindre, mais l'appel avait basculé sur sa messagerie. Il eut juste le temps de voir que le nom associé au numéro était celui de Katie. La coïncidence l'étonna. Il n'avait pas eu de nouvelles depuis plusieurs mois. Que lui voulait-elle ? La jeune femme manquait singulièrement de sens du timing. Ce coup de fil tombait particulièrement mal alors qu'il venait d'effleurer la mort de si près.

— Alors ? s'impatienta Kiefer.

L'Israélien avait raison. L'endroit n'était guère propice à la réflexion. Il s'inquiéterait pour Katie plus tard. Pour l'instant, il leur fallait déjà sauver leur peau et trouver un moyen de se tirer d'ici. Vite !

Après quelques secondes, la carte géolocalisée du quartier de Thonburi s'afficha avec leur position en temps réel indiquée par un point rouge. Ils étaient à moins d'un kilomètre du Chao Praya.

Chapitre 5

« ... I rode a tank
Held a generals rank
When the blitzkrieg raged
And the bodies stank... »

« ... J'ai conduit un tank
Tenu le rang d'un général
Quand la guerre éclair se déchaînait
Et que les cadavres empestaient... »

Sympathy For The Devil – The Rolling Stones

News... News... News...

Le Portugal ravagé par des incendies : une centaine de personnes évacuées – Prise dans la spirale espagnole, Wall Street termine en net rebond – États-Unis : le tueur de Denver n'a pas de liens avec des réseaux terroristes – Pendant le ramadan, les musulmans de France consacrent 350 millions d'euros aux dépenses alimentaires – Les Spice Girls vont chanter lors de la cérémonie de clôture des jeux Olympiques de Londres.

1.

Vendredi 20 juillet, 22 h.
Village d'Altea, à quelques kilomètres de Benidorm (Espagne).

La mission avait été exécutée avec précision selon les instructions reçues. Ainsi que son mentor le lui avait ordonné. Sa foi était intense. Lui n'était qu'un simple outil au service de quelque chose de plus fort, d'un dessein majeur qui le dépassait. Il croyait. Il croyait en… LUI. Il avait un maître et il était l'un de ses disciples. Et cela lui suffisait. Il était prêt à se sacrifier pour sa plus grande gloire.

Le jeune homme n'avait eu aucun mal à dénicher ses deux futures victimes, puis à les séduire. Il avait choisi les plus belles, les plus avides de vivre, celles qui dansaient à en faire perdre la tête aux mâles qui les observaient sur la piste de la discothèque. Depuis des mois, il se préparait avec application pour ce projet. Une semaine plus tôt, il était arrivé à l'aéroport de Madrid par un vol direct en provenance de l'île de Phuket en Thaïlande. Au guichet de la douane, l'agent de service – une jolie brune aux cheveux ramenés en queue-de-cheval, tenus par un élastique bleu – ne lui avait rien demandé. Sinon son passeport : Karl Langmann. Elle y avait jeté un rapide coup d'œil et lui avait fait signe de passer. Il n'était en apparence qu'un étudiant allemand, guère différent des autres, revenant d'un séjour de plusieurs mois en Asie où il avait travaillé comme moniteur de plongée sur les îles. Un dilettante qui profitait de son retour en Europe pour prolonger son année sabbatique par un crochet de quelques jours en Espagne. Qui se serait posé des questions en le voyant ? Un beau garçon aux longs cheveux blonds, au visage tanné par le soleil d'Asie. Calme. Souriant. Avenant. Si seulement la femme à l'élastique bleu avait su…

Dans le hall de l'aéroport de Madrid, Karl avait récupéré auprès d'une agence de location les clés d'une voiture pour descendre sur la Costa Blanca. Il lui avait fallu quelques heures pour rejoindre par l'autoroute une villa tranquille aux environs de Benidorm. La maison avait été réservée par les membres de l'Organisation à un faux nom, celui figurant sur son passeport. Ces hommes, il ne les connaissait pas ou presque. Leurs contacts avaient été limités au minimum. À Phuket, avant le départ, il avait été rapidement abordé dans la file d'attente par un Thaï mince et mutique en costume beige. Celui-ci lui avait remis une enveloppe en papier kraft contenant son billet d'avion, un *voucher* pour la voiture, l'adresse où il allait séjourner en Espagne et une importante somme d'argent – six mille euros – pour ses dépenses sur place.

Pendant quelques nuits, Karl avait fait des repérages dans les différentes discothèques de Benidorm, s'imprégnant discrètement de l'ambiance. Puis, comme prévu, au soir du mercredi 18 juillet, il avait suivi les instructions et exécuté la mission assignée par le maître. Cela avait duré plusieurs heures. Au petit matin, selon le plan, il avait déposé la survivante sur la plage de Levante. Le jeune Allemand l'avait guidée jusqu'au bord de la Méditerranée. Elle ne lui avait opposé aucune résistance, consciente mais assommée, abrutie par la dose de GHB qu'il l'avait obligée à ingérer. Entre ses mains, elle tenait, collée avec deux tubes de glu extra-forte achetés dans un supermarché, la tête de son amie aux cheveux roux. Puis, Karl était rentré à la maison où la « séance » s'était déroulée, avait téléchargé le film vidéo sur son ordinateur et l'avait envoyé par mail à l'adresse Internet indiquée. Le fichier était lourd. Avec minutie, il avait vérifié que celui-ci avait bien été transmis. Depuis, il attendait. Sans impatience. Ce n'est qu'au bout du deuxième jour que l'odeur du cadavre en décomposition au sous-sol avait commencé un peu à le gêner. Mais il pouvait s'en accommoder. Tant qu'il y avait la musique… Il appuya sur la télécommande, et poussa au maximum le volume de *True Faith*, le morceau du groupe New Order qui passait en ce moment sur la chaîne Hi-Fi, à en faire trembler les murs. Il fredonna les paroles qu'il connaissait par cœur en même temps que le chanteur Bernard Sumner…

I feel so extraordinary
Something's got a hold on me
I get this feeling I'm in motion
A sudden sense of liberty[1]

La seule chose qui gâchait ce moment de pure félicité pour Karl, c'était de savoir qu'au Canada, à Montréal, un psychopathe cannibale s'en était servi quelques mois plus tôt comme bande sonore d'un film

1. Je me sens si extraordinaire / Quelque chose a prise sur moi / J'ai ce sentiment d'être en mouvement / Une sensation soudaine de liberté.

posté sur Internet où on le voyait larder de coups de pics à glace un homme nu qu'il avait ensuite dépecé. Il se rassura en se disant que celui-ci n'avait rien compris à la vie. Ni à la mort. Il y avait quelque chose… après.

***

Signalé par un simple bip électronique, le message était arrivé sur son téléphone portable dix minutes plus tôt. Il disait simplement : « À Dieu… Maintenant ! »

Karl sourit. Heureux. Il avait fait ce qu'il devait faire. Il monta à l'étage, se fit couler un bain puis se déshabilla entièrement. Quand il fut nu, il s'observa dans le miroir. Il ressemblait à un ange. Dans le reflet de la glace, la lumière du soleil du matin commençait à scintiller. Le jeune homme saisit alors un simple cutter posé près du lavabo. Lentement, il se trancha les veines de la main gauche, puis celle de la main droite. Il trempa deux doigts dans son propre sang et traça avec application, en grosses lettres sur le mur de crépi blanc au-dessus de la baignoire, un mot… Un seul. Il dut s'y reprendre à plusieurs fois. Puis il s'enfonça dans l'eau tiède avec béatitude. Sa mort serait douce. Avant de perdre conscience, il chantonna les dernières paroles de *True Faith*.

« I used to think that the day would never come
That my life would depend on the morning sun »[1]

1. Je croyais que jamais le jour ne viendrait / Que ma vie dépendrait du soleil du matin.

2.

Samedi 21 juillet, 4 h 15 du matin.
Bangkok, quartier de Thonburi (Thaïlande).

Lek !

Leur fixeur était là. Tout proche. Dans l'obscurité, le Thaï ne les avait pas vus. Il se tenait sur un des quais qui bordaient le fleuve. À cette heure, l'endroit était assez mal éclairé par des lanternes électriques qui diffusaient une lueur verdâtre. Lek semblait converser de façon animée avec quelqu'un d'invisible, vraisemblablement un batelier en contrebas comme celui qui les avait amenés à leur rendez-vous quelques heures plus tôt. Au-delà, on distinguait les lumières étincelantes des grands immeubles de Bangkok sur la rive est. Marc serra les poings. Il sentit que Kiefer lui posait de nouveau la main sur l'épaule. Une pression afin de lui signifier de conserver son calme. Son garde du corps – c'était le terme le plus approprié pour définir la véritable fonction de celui qui lui avait sauvé la vie – l'impressionnait par sa placidité. Il venait de tuer un homme, peut-être deux, d'éborgner un troisième, et pourtant nulle excitation ne semblait l'agiter. Comme s'il était insensible à l'adrénaline et qu'il suffisait d'appuyer sur un interrupteur pour le mettre en action. Soudain, Kiefer pointa du doigt vers la gauche. À une cinquantaine de mètres, Marc distingua le rougeoiement d'une cigarette. Il y avait là un troisième homme – au moins – plus ou moins bien dissimulé sous un énorme figuier banian dont les racines aériennes se répandaient telles des lianes. Il semblait faire le guet face aux maisons de Thonburi, comme s'il s'attendait à voir surgir d'un moment à l'autre les deux Occidentaux par l'une des nombreuses ruelles qui débouchaient sur le Chao Praya. Marc et Kiefer avaient eu beaucoup de chance. En s'échappant de la buvette, au lieu de longer le canal par lequel leur *long tail* s'était faufilé, ils avaient piqué directement vers le sud avant de revenir vers le fleuve en effectuant une large boucle. Le Thaï devait penser qu'ils arriveraient des quartiers ouest. Kiefer rendit à Marc le smartphone qu'il lui avait emprunté pour se guider dans le dédale de Thonburi pendant leur fuite.

— Ne bouge surtout pas, lui ordonna-t-il. J'en ai pour quelques minutes.

Marc acquiesça sans comprendre. Depuis la bagarre, il était comme anesthésié, saisi par la violence brute à laquelle il avait assisté en simple spectateur. Il avait déjà vu des gens mourir lors de ses reportages en zones de guerre pour *Paris Flash*, mais jamais de cette façon. Jamais si près de lui. Il regarda Kiefer rebrousser chemin et tourner sur sa droite dans une minuscule ruelle, une sorte de couloir entre deux rangées de maisons. Appuyé contre un mur visqueux d'humidité, Marc se pencha pour observer de nouveau Lek. Ce salopard n'avait pas bougé. Il fumait lui aussi une cigarette. Le guetteur du banian était redevenu invisible. Le journaliste se rencogna. Il avait envie de tirer sur la tige d'un cigarillo, de sentir la fumée âcre envahir ses poumons. Il s'aperçut qu'il frissonnait. Pas de froid, mais de peur rétroactive. Le contrecoup. Le contact du smartphone qu'il faisait aller et venir entre ses mains sans s'en rendre compte depuis une bonne minute le rassura. Il pensa de nouveau à Katie et au message qu'elle lui avait laissé. Il ne l'avait pas encore écouté. Pourquoi l'appelait-elle ? Savait-elle qu'il était en Thaïlande et ce qu'il y faisait ? Il s'en voulut un court instant de ne pas lui avoir donné plus de nouvelles depuis des mois. Peut-être avait-elle appris quelque chose sur Jillian ou le Teknokiller ? Il s'apprêtait à lancer la lecture du message mais se ravisa. Il craignait de faire trop de bruit. Que faisait donc Kiefer ? Il était là à cogiter, se demandant s'il devait chercher un endroit moins exposé pour se cacher, quand il entendit un cri étouffé suivi du son mat d'un corps qui s'écroule.

Il se pencha de nouveau. Revolver au poing, Kiefer tenait maintenant Lek en joue. Celui-ci avait les mains bien visibles au-dessus de la tête, en signe de reddition. Kiefer cria quelque chose en anglais. Surgissant sur le bord du quai, le batelier thaï resté jusque-là invisible le rejoignit. Apeuré. Il avait aussi les bras en l'air. Comme dans un western. Marc se leva. En approchant, il aperçut sur sa gauche le corps du guetteur allongé dans une position étrange. Désarticulé. L'Israélien l'avait surpris et ne lui avait laissé aucune chance de se défendre.

— Pourquoi nous as-tu entraînés dans ce piège ? demanda sèchement Kiefer à Lek en lui pointant son arme en pleine face.

Le Thaï baissa les yeux et ne répondit pas. D'un pas, l'expert en arts martiaux fut sur lui. Il lui cingla durement l'oreille avec le canon métallique du pistolet. Le sang gicla et éclaboussa les joues de Lek. Il s'effondra à genoux tandis que l'autre Thaï, terrorisé, reculait.

— Alors ? insista Kiefer, levant le bras, prêt à frapper de nouveau.

— Pardon, pardon, s'écria Lek, terrifié. On m'y a forcé. Je ne savais pas qu'ils vous voulaient du mal. Je vous jure.

— Qui sont ces hommes ?

Malgré sa terreur, leur guide hésita. Il finit par lâcher :

— Je ne peux rien vous dire. Ils me tueraient !

— Qui ?

— Je ne peux pas.

— Comme tu veux. Si tu ne me dis rien, tu ne me sers à rien, et c'est moi qui vais t'exécuter ! répliqua l'Israélien en braquant le revolver à quelques centimètres du visage de l'homme.

Il l'appuya durement contre son front, imprimant une marque rouge en forme de cercle.

Suant, pleurant, Lek roulait des yeux effrayés. Kiefer l'examina un instant, puis regarda le troisième Thaï. Il fit trois pas et d'un geste précis, la main gauche tendue, il lui décocha une pique au visage. L'homme s'effondra, foudroyé. Kiefer revint aussitôt vers le fixeur. L'attaque avait pris moins de trois secondes.

— Alors ? demanda à nouveau l'Israélien.

— La police, souffla Lek. C'est la police…

Chapitre 6

« ... Pleased to meet you
Hope you guess my name, oh yeah
Ah, what's puzzling you
Is the nature of my game, oh yeah... »

« ... Ravi de faire votre connaissance
J'espère que vous avez deviné mon nom, oh yeah
Ah, ce qui vous déroute
C'est à quoi je joue au juste, oh yeah... »

Sympathy For The Devil – The Rolling Stones

News... News... News...

Meurtre de Tatiana : dix ans après, l'ADN a parlé – Le prix de l'essence atteint des sommets – Marseille : des braqueurs menacent de brûler vif un cafetier – Un géant des OGM renonce à l'Europe – Le nombre d'accidents graves chez les piétons a triplé en trois ans.

1.

Samedi 21 juillet, 4 h 30 du matin.
Bangkok, quartier de Thonburi (Thaïlande).

— La police ? En quoi est-elle mêlée au meurtre de Nadejda Kanijtiva ? demanda Marc, stupéfait. Explique-nous !

— Je vous en ai déjà trop dit, pleurnicha Lek. Ils vont me massacrer. Laissez-moi. S'il vous plaît.

Un nouveau coup de crosse vint cingler la tempe du Thaï, qui chancela mais ne s'écroula pas. Kiefer s'approcha de son visage pour n'être plus qu'à quelques centimètres, la main fermement posée sur son cou.

— Je ne le répéterai plus, articula lentement l'Israélien. Si tu ne nous ne dis pas tout ce que tu sais, c'est moi qui vais te liquider. Mais avant, je te promets que tu vas souffrir comme tu ne pourrais jamais l'imaginer.

Du pouce gauche, l'Israélien exerça une pression sur un point névralgique précis, juste en dessous de l'épaule. Une douleur fulgurante transperça le fixeur comme si on venait de lui enfoncer une longue aiguille de métal brûlante dans le corps. Il ouvrit la bouche, cherchant désespérément de l'air, incapable de hurler. Après quelques secondes, Kiefer relâcha la pression. Lek haletait, blême malgré sa peau mate.

— Ce sont les hommes du commandant Chatchaï, souffla-t-il presque inaudible. La prostituée russe a été exécutée sur ses ordres.

— Qui est ce commandant Chatchaï ? demanda Marc.

— L'homme au revolver qui était dans le bar, répondit Lek en jetant des coups d'œil inquiets à droite et à gauche. Il dirige la brigade des mœurs de Bangkok, mais il travaille aussi pour les triades chinoises qui contrôlent l'essentiel de la prostitution dans la ville.

— Je ne comprends pas. Pourquoi a-t-il fait tuer Nadejda ? intervint à nouveau le journaliste. En faisant cela, il s'est privé d'une source de revenus.

— C'était une mauvaise fille. Elle ne voulait plus payer sa protection auprès des triades. Il fallait faire un exemple. Sinon, d'autres escort-girls étrangères en auraient fait autant un jour. Peut-être aussi des Thaïlandaises… C'était mauvais pour le business.

— C'est pour cela que son corps a été retrouvé dans le Chao Praya ? insista Marc.

— Non, répondit Lek. Ça, c'était une erreur. Le cadavre avait été lesté avec des sacs, elle aurait dû disparaître. Les gens savaient qu'elle avait été enlevée. Il n'y avait pas besoin du corps pour faire passer le message auprès des filles.

— A-t-elle été torturée lorsqu'elle était en vie, comme l'indique le rapport d'autopsie ?

— Oui, lâcha le Thaï.

— Longtemps ?

— Je ne sais pas. Je n'étais pas là. Je vous le jure.

— Et pourquoi Chatchaï a-t-il voulu nous éliminer ?

— Vous posiez trop de questions. Vous étiez gênants. Ici, quand une pute disparaît, tout le monde se tait. Et puis, il y a les films… Le commissaire avait peur que vous tombiez dessus.

— Quels films ? demanda Marc, alerté.

Nerveux, Lek baissa les yeux. Comme s'il venait

de s'apercevoir qu'il en avait trop dit. Il suintait la peur. Une odeur âcre flottait autour de lui. La main de Kiefer se posa de nouveau près de son cou.

— Non, s'il vous plaît, geignit-il. Je ne sais rien de plus. J'ai juste entendu les rumeurs. Comme tout le monde…

— Quelles rumeurs ? le pressa Marc.

— Réponds ! ordonna Kiefer.

— Un soir, j'ai entendu parler entre eux les hommes de Chatchaï. Ils disaient qu'ils avaient filmé la fille russe avant de la tuer.

— Pourquoi ?

— Internet… C'était pour vendre le film sur Internet.

Kiefer se redressa soudain, aux aguets. Il regardait en direction des ruelles obscures de Thonburi comme s'il pouvait transpercer la nuit.

— Il faut qu'on parte, annonça-t-il calmement. Ils arrivent.

D'un geste expert, il assomma Lek. Le Thaï s'écroula. Il le chargea sur son épaule comme une vulgaire carcasse et se dirigea vers le fleuve. Marc le suivit, inquiet. Il savait qu'ils risquaient leur vie en restant plus longtemps sur ce quai. Les derniers mots de Lek l'avaient troublé. L'allusion à Internet et à l'existence d'un film semblait signifier que cette histoire avait des ramifications bien au-delà de la Thaïlande. Et s'il y avait vente, cela impliquait qu'il fallait une logistique, donc une organisation tirant profit de ce genre de commerce. Le meurtre de la prostituée russe prenait alors un autre sens et dépassait le cadre d'une simple exécution pour l'exemple.

2.

Vendredi 20 juillet, 22 h 35.
Levallois-Perret, banlieue de Paris (France).

— Et tu es absolument certain que tu n'as aucun moyen de retracer l'origine de cette vidéo ? insista Katie.

La photographe était crispée, prête à mordre. Une tension extrême que ressentaient tous ceux qui s'étaient rassemblées dans ce bureau. Une demi-heure plus tôt, Patrick Boudou avait demandé à Jean-Marc Callouche, l'informaticien de permanence, de venir pour une intervention rapide au troisième étage. Le technicien, un grand brun longiligne, avait maugréé pour la forme, mais le ton sec du rédacteur en chef adjoint lui avait fait comprendre l'urgence de la situation : ce n'était pas le moment de jouer les tire-au-flanc. Il avait quitté son local au premier et rejoint rapidement les trois responsables du magazine et Katie Jeckson dans le bureau qui leur servait de QG de crise. La photographe avait laissé sa place devant l'ordinateur, et Jean-Marc s'était installé face à la machine pour pianoter ses codes de reconnaissance. Personne ne lui avait expliqué ce que contenait le fichier vidéo. Tout ce qu'ils voulaient savoir, c'était s'il lui était possible d'identifier l'expéditeur, celui qui avait posté le message sur la mailbox du site de *Paris Flash*. Surpris, l'informaticien avait écouté. « Je vais voir ce que je peux faire », avait-il marmonné, et il s'était lancé. Les fenêtres s'ouvraient, se superposaient puis disparaissaient sur l'écran de l'ordinateur. Tout en tapant ses codes, Jean-Marc s'était mis – à la demande de Katie – à commenter ses opérations, décortiquant le processus pour les néophytes. Il était a priori simple. Chaque fois qu'on se servait d'un ordinateur pour envoyer un mail, consulter un site ou télécharger une vidéo, celui-ci se branchait sur Internet via un fournisseur d'accès et utilisait à votre insu un numéro d'identification.

— … C'est ce que l'on appelle une adresse IP, pour Internet Protocol, précisa l'informaticien. Une suite de quatre nombres séparés par des points, genre 215.77.124.576. Je dois pouvoir la reconstituer ou l'isoler et remonter jusqu'à l'ordinateur d'où le mail a été envoyé… mais je ne vous promets rien. Il y a des limites au système.

— Lesquelles ? demanda Katie.

— Même si je trouve l'adresse IP, elle ne donnera que celle du point d'accès utilisé, et d'autre part n'importe qui peut l'avoir usurpée. Je ne pourrai pas vous donner un nom.

— Qu'est-ce que tu pourras nous donner, alors ?

— L'endroit d'où vient le mail.

— L'endroit exact ?

— Oui, répondit Jean-Marc qui s'affairait, mais si le type qui a envoyé le message a pris un minimum de précaution, il peut très bien avoir utilisé un web-café, ou une connexion wifi dans la rue… Bon, laissez-moi tranquille, j'arrive à la partie compliquée. J'en ai pour quelques minutes.

Katie s'éloigna pour consulter la messagerie de son téléphone. Patrick l'interrogea du regard. Elle secoua la tête. Marc ne l'avait toujours pas rappelée depuis son dernier coup de fil. Elle se demanda où le journaliste pouvait bien être à cet instant. En Bretagne, ou ailleurs ? Peut-être était-il à l'étranger ? Ou simplement ne voulait-il plus avoir de contact avec la photographe depuis leur ultime engueulade ? Elle espérait au moins qu'il écouterait son message. Il fallait qu'ils se parlent. Vite. Le rédacteur en chef adjoint de *Paris Flash* lui avait confirmé qu'il n'avait pas non plus de nouvelles de l'ancien grand reporter depuis plusieurs mois. Elle s'apprêta à le rappeler.

***

— Et bordel de merde ! s'écria soudain Jean-Marc, contrarié.

— Qu'est-ce qui se passe ? interrogea Jean Ledieur, le directeur du journal.

Depuis un bon quart d'heure, il tentait de suivre ce que faisait l'informaticien en regardant par-dessus son épaule. Sans comprendre.

— Votre type est du genre à prendre des précautions, répondit Jean-Marc. Il a utilisé un logiciel de cryptage pour masquer son adresse IP et surfer de façon complètement anonyme sur la Toile. J'ai beau envoyer des demandes ciblées sur le réseau, je ne reçois en retour que des messages d'erreur. À ce stade, en ce qui me concerne, je suis coincé. Je ne peux pas remonter plus loin.

— Es-tu vraiment sûr que tu n'as aucun autre moyen de retracer l'origine de cette vidéo ? insista Katie.

— Désolé, je n'ai pas le matériel et, surtout, je n'ai pas les compétences pour craquer ce genre de logiciel. Il vous faudrait un vrai pro du piratage. Et encore, comme je vous l'ai expliqué, il ne pourra que vous donner la zone d'où ce mail a été envoyé.

— Un hacker ?

— Oui, tu en connais un ?

Dans la pièce, tous les regards convergèrent d'un coup vers la jeune femme. Patrick Boudou se dit que sa dernière recrue avait décidément de la ressource quelle que soit la situation. Elle ne s'avouait jamais vaincue. Une qualité indispensable chez un bon reporter.

— J'ai ma petite idée, souffla Katie, avec un demi-sourire.

Chapitre 7

« ... I watched with glee
While your kings and queens
Fought for ten decades
For the gods they made... »

« ... J'ai jubilé en regardant
Vos rois et vos reines
S'affronter pendant dix décennies
Pour les dieux qu'ils avaient inventés... »

Sympathy For The Devil – The Rolling Stones

News... News... News...

Méditerranée : invasion de méduses urticantes Pelagia Noctiluca – Les collectivités locales asphyxiées par manque de crédits disponibles – Au Vatican, ambiance de fin de règne – Les stocks de viande de baleine invendus atteignent les 6 000 tonnes au Japon – Les homosexuels bientôt autorisés à donner leur sang en France.

1.

Samedi 21 juillet, 4 h 45 du matin.
Bangkok, quartier de Thonburi (Thaïlande).

À deux mètres sous l'aplomb du dock, amarrée par des bouts à la proue et la poupe, se balançait dans un léger clapotis une embarcation traditionnelle. Le *long tail* était surmonté d'une dizaine d'arceaux et d'une bâche en plastique bleu. Il était identique à la pirogue qui leur avait fait traverser le fleuve Chao Praya quelques heures plus tôt. Sur un signe de Kiefer, Marc prit appui sur une échelle en métal rouillé. Il se laissa glisser depuis le quai surélevé et descendit s'installer dans le bateau. Dans l'opération, il s'écorcha les paumes des mains sur le ciment des piliers. Une fois à bord, le journaliste se retourna et aida l'Israélien à transporter le corps inanimé de leur ancien guide. Non sans difficulté. Il l'attrapa d'abord par les jambes, puis par les hanches. En soufflant, il l'agrippa au dernier moment sous les aisselles. L'homme n'était pas grand, mais il pesait son poids. Marc le traîna tant bien que mal jusque sur le banc au milieu de la pirogue, le cala et passa ensuite devant pour assurer l'équilibre. L'embarcation s'enfonça à nouveau de quelques centimètres dans les eaux du fleuve quand Kiefer les rejoignit en se laissant à son tour glisser en souplesse depuis le dock. Debout à l'arrière, il invita du geste Marc à défaire l'amarre de proue et à donner une impulsion au bateau pour l'éloigner des docks et gagner ainsi le lit du Chao Praya en direction de la rive ouest. Le reporter avait mal calculé son déplacement. Son cordage glissa dans l'eau trouble. Il se pencha pour le ramasser. Une odeur de vase et de viande pourrie le prit à la gorge. Il eut un brusque mouvement de recul : il y avait quelque chose tapi dans l'ombre. Son cœur s'emballa. Marc se figea, tétanisé. Les projecteurs d'une péniche filant au loin sur le fleuve balayèrent quelques secondes l'espace entre la pirogue et le quai. Trois impressionnants varans à deux bandes, longs de presque deux mètres, se vautraient là, étendus sur une plate-forme de bois et de boue à demi immergée. Dérangés par le bruit et gênés par la lumière, les gros lézards qui devaient chacun peser le poids d'un homme avaient dressé la tête. Ils le fixaient de leurs petits yeux sombres et reptiliens. Les animaux ressemblaient à trois dragons rescapés du passé. Brusquement, l'un d'eux s'ébroua, frétilla et se coula d'un coup de queue dans les flots limoneux comme un immense serpent. « Drôle d'endroit pour une rencontre », songea Marc, les nerfs à vif. S'il avait eu un jour l'envie de profiter d'une baignade dans le grand fleuve thaïlandais, celle-ci venait de disparaître définitivement. Le varan s'évanouit dans la nuit avec une dernière ondulation.

Le teuf-teuf-teuf hoquetant d'un moteur à explosion signala à Marc que Kiefer avait réussi à se débrouiller avec la partie mécanique. Le *long tail* s'éloigna du quai. Ils piquèrent lentement vers les lumières de la capitale, qui contrastaient avec l'obscurité qui régnait sur le quartier de Thonburi. Comme si deux villes cohabitaient. Celle des morts, et celle des vivants. Pour l'instant, ils étaient en sursis. Pourchassés à l'arrière, menacés à l'avant. La traversée du Chao Praya n'avait rien d'une sinécure. Même à cette heure tardive, le fleuve était encore parcouru par un flot ininterrompu d'embarcations. Il y avait des péniches transportant du fret, des pirogues taxis filant à pleine vitesse, des barques de pêcheurs se pressant vers l'océan, et de nombreux bateaux bus empruntés par les habitants de Bangkok pour rejoindre leur lieu de travail. Le journaliste et son dangereux associé n'avaient pas vraiment le choix : ils allaient devoir naviguer en pleine nuit au beau milieu de ce trafic incessant pour semer définitivement leurs poursuivants. Sans prévenir, une lumière bleutée troua l'obscurité vers l'avant, nimbant Marc d'un halo brumeux. La lampe éclairait péniblement la partie du fleuve en amont de la pirogue. Quelque part, Kiefer avait déniché une torche qu'il avait sommairement fixée à l'un des montants métalliques supportant la bâche. Ils n'y voyaient pas grand-chose, mais au moins signalaient-ils leur position aux autres navires, se rassura Marc.

***

La pirogue était déjà à deux, trois cents mètres à peine de la rive quand le premier coup de feu éclata. Marc sentit le souffle du projectile sur son visage. D'autres détonations retentirent aussitôt.

— Baisse-toi, et ne bouge plus ! cria de l'arrière son ange gardien tout en frappant violemment la lampe pour l'éteindre.

Dans le même temps, l'Israélien augmenta le régime du moteur pour prendre de la vitesse.

« Merde ! », jura entre ses dents le journaliste. En allumant la torche, Kiefer avait commis une erreur et venait surtout de signaler leur position aux hommes de Chatchaï. La lumière bleutée disparut dans un bruit d'ampoule éclatée. Les tirs cessèrent aussitôt, remplacés sans délai par la pétarade de plusieurs moteurs d'embarcations qui se lançaient à leur poursuite. Avec prudence, à demi allongé, Marc jeta un coup d'œil derrière lui. Lek était mort, un pan du visage arraché par une balle perdue. Il ne leur avait pas tout dit. Bien des questions restaient sans réponse. À l'arrière, Kiefer s'était accroupi sous le moteur. Plus loin encore, deux pirogues presque bord à bord se dirigeaient à toute allure dans leur direction. À chacune des proues, un homme braquait un projecteur. Marc estima qu'ils les rattraperaient dans moins de dix minutes. Les deux étrangers n'avaient qu'un unique revolver à se partager. Là-bas, les Thaïlandais embarqués devaient être une demi-douzaine et détenir autant d'armes de poing, et peut-être même des fusils-mitrailleurs. Les talents en arts martiaux de Kiefer ne leur seraient pas d'une grande utilité dès que la clique de Chatchaï se serait suffisamment rapprochée pour les canarder comme des lapins. À moins d'un miracle, ils étaient coincés. Inquiet, Marc croisa le regard de Kiefer, qui fit signe qu'il avait conscience de la menace. Celui-ci pointa soudain le doigt devant lui en souriant. Marc se retourna. Et se cramponna par réflexe de ses mains écorchées aux plats-bords de la pirogue. Sur l'échelle de Richter de la terreur, il venait d'atteindre la cote maximale.

2.

Samedi 21 juillet, 5 h du matin.
Bangkok, fleuve Chao Praya (Thaïlande).

Une gigantesque barge à la coque de métal fonçait à leur rencontre comme un mur en mouvement. Marc se recroquevilla, se préparant à l'impact imminent. S'il pesait de tout son poids sur la barre, Kiefer avait peut-être une petite chance de réussir à virer au dernier moment. Mais la pirogue continuait, imperturbable, sur sa lancée. Sans dévier. Marc ferma les yeux. S'il ne mourait pas tamponné, harponné, défoncé par l'étrave, il n'avait pour ainsi dire aucun espoir de survivre dans ces eaux tumultueuses lorsque les remous feraient chavirer la fragile embarcation. Sa vie s'achèverait donc quelque part entre Thonburi et Bangkok. Avec un peu de chance, son cadavre puant et boursouflé serait retrouvé d'ici quelques jours sur les berges. À moins que les hélices ne le tailladent en pièce. Sans s'en rendre compte, il se mit à compter dans sa tête. Un… Deux… Trois… Quatre… Cinq… Dix secondes interminables. Il sentit la masse sombre du chaland qui s'approchait, puis comme si un bras de géant les soulevait. Et… rien ! Pas d'impact. Pas d'eau sale s'engouffrant dans ses poumons pour l'asphyxier. Pas de choc pour le démembrer. Juste la sensation du surf qu'il connaissait si bien pour le pratiquer assidûment sur les côtes bretonnes. Poussé par une vague créée par l'étrave du navire, le *long tail* glissait sur le fleuve. Il sentit qu'ils viraient maintenant lentement sur la gauche.

Étonné, Marc ouvrit les yeux et regarda sur le côté. À quelques mètres, la coque de la péniche défilait tandis qu'ils remontaient à toute vitesse le courant du fleuve. Il aurait presque pu la toucher malgré les tourbillons du Chao Praya qui les chahutaient. Que s'était-il passé ? Et que faisait Kiefer en ce moment ? Il se retourna, et croisa de nouveau le regard de l'Israélien. Celui-ci ne souriait plus, tendu, concentré. Ils filaient plein gaz vers le nord. Pourquoi son compagnon n'avait-il pas continué tout droit sur Bangkok ? Qu'espérait-il après ce miracle ? Alors que le bloc lourd du chaland qui glissait à leur gauche leur barrait la vue, les abritant aussi des rais des projecteurs de leurs poursuivants, Marc sentit que la proue de leur bateau s'inclinait à nouveau. Cette fois, vers l'arrière de la péniche. Comme si Kiefer avait l'intention de revenir à leur point de départ. Une boucle ! Ils effectuaient une boucle complète. Mais pourquoi cette manœuvre absurde ? Ils allaient retomber droit sur les hommes du commissaire Chatchaï. Que foutait son collègue à la barre ? Pourquoi se jeter à nouveau dans la gueule du loup ? Et soudain, le journaliste comprit l'objectif de cette action insensée. Leur pirogue avait désormais fini de tourner. Ils avaient décrit un cercle, ou plutôt un ovale. À toute allure, leur *long tail* coupa alors net le sillage de la barge de métal. Telle une pointe de flèche transperçant l'air. Ou plutôt un harpon fendant l'onde. Puis l'Israélien fit pencher l'embarcation de quelques degrés, pointant en direction du quai de Thonburi. À une centaine de mètres devant eux, en plein sur leur trajectoire, les deux bateaux de leurs poursuivants tanguaient presque bord à bord. Brinquebalés par les remous puissants du Chao Praya, les *long tails* avançaient au ralenti pendant que les hommes à leur bord éclairaient les eaux sales avec des spots et des lampes torches en espérant trouver des débris de bois ou les corps disloqués des deux Occidentaux. À pleins gaz, Kiefer fonça droit vers les deux embarcations ennemies. Dans la nuit, le journaliste entendit à peine son cri d'avertissement : « Couche-toi ! » Il n'y eut pas un seul coup de feu. Juste le fracas épouvantable de leur coque éperonnant la pirogue la plus proche par le travers. Puis le hurlement du métal frottant le métal tandis qu'ils les transperçaient. L'abordage avait duré moins de dix secondes. Quand Marc se retourna, les deux esquifs avaient disparu, happés par l'obscurité et les flots. Ils auraient pu n'avoir jamais existé. Avec un frisson, il songea aux trois varans sur la plateforme. Est-ce que ces saloperies se nourrissaient aussi de charognes ? Peu importait. Ils avaient réussi. Ils étaient en vie…

Chapitre 8

« ... I shouted out,
Who killed the Kennedys ?
When after all
It was you and me... »

« ... J'ai hurlé :
Qui a tué les Kennedy ?
Alors qu'après tout
C'était vous et moi... »

Sympathy For The Devil – The Rolling Stones

News... News... News...

Deux gendarmes tués dans le sud de la France pendant une opération de routine – Un canton suisse et un tribunal canadien valident le principe du suicide – Secret Story 6 : le couple Kevin-Virginie continue de se déchirer – Moins d'un Parisien sur deux peut acheter dans la capitale – Open Garden : Internet gratuit partout dans le monde.

1.

Vendredi 20 juillet, 23 h 50.
Levallois-Perret, banlieue de Paris (France).
Samedi 21 juillet, 5 h 50 du matin.
Bangkok, rive est du fleuve Chao Praya (Thaïlande).

— *Fuck*... Marc, où es-tu ? demanda Katie, plus anxieuse qu'énervée. J'essaie de te joindre depuis plusieurs heures maintenant. Qu'est-ce que tu fabriquais ? As-tu au moins écouté le message que je t'ai laissé ?

— Je n'en ai pas vraiment eu le temps, lâcha le journaliste avec un soupir amusé dont l'Américaine ne perçut pas l'ironie de l'autre côté de la ligne, à dix mille kilomètres de Bangkok.

Marc était à bout, nerveusement épuisé par la brutalité des événements de la nuit passée. Il avait à la fois une envie folle d'éclater de rire et de raccrocher au nez de la photographe qui venait de le rappeler. Il se contint.

***

Le jour allait bientôt se lever sur la mégalopole siamoise. Déjà le ciel se colorait de pourpre juste au-dessus de l'horizon, là où le soleil se préparait à apparaître. Quand ils avaient éventré les pirogues de leurs poursuivants, l'impact avait été si violent qu'il avait déchiré une partie de la coque de leur embarcation. Les eaux boueuses et nauséabondes du grand fleuve pollué par les rejets de la ville s'étaient engouffrées dans le *long tail*, les obligeant à ralentir pour ne pas chavirer à leur tour. Leurs pantalons étaient maintenant souillés. Kiefer avait pris soin de se déchausser et de poser ses souliers à bouts pointus sur un des bancs. Marc l'avait imité. Ils avaient mis dix minutes à rejoindre la rive est, tous feux éteints, slalomant entre les bateaux qui descendaient et remontaient le Chao Praya. Avec adresse, Kiefer avait glissé leur embarcation le long d'un ponton libre. Ils étaient non loin du célèbre temple du Wat Pho, avec son immense Bouddha couché. Depuis l'attaque, le garde du corps et le journaliste n'avaient pas échangé un mot. Ils venaient pourtant d'éliminer six hommes – six policiers. Sans compter leurs assaillants dans la buvette. Comment était-ce possible ? Que s'était-il donc passé pour qu'ils se retrouvent dans une situation aussi risquée au cœur d'un pays dont ils ne maîtrisaient même pas la langue ? Que devaient-ils faire maintenant ? Qui pouvaient-ils prévenir ? Au cours de ses pérégrinations à travers le monde comme reporter pour *Paris Flash*, Marc pensait avoir côtoyé la guerre de près, mais jamais il n'avait été confronté à un tel déferlement de violence. Ni à une telle soudaineté.

À l'arrivée, le Français avait sauté sur l'embarcadère en ciment, soulagé de retrouver la terre ferme. Aussitôt rejoint par l'Israélien. Les deux hommes s'étaient rechaussés et s'étaient pressés vers la grande rue Maha Rat qui longeait la rive pour attraper un taxi. Les premiers marchands ambulants y faisaient déjà cuire sur leurs barbecues des brochettes de poulet, de porc, de bœuf et de canard pour les passants. À son habitude, Kiefer ne disait pas grand-chose. Il semblait ruminer. Marc avait un goût ferreux dans la bouche. Envie de vomir. Il voulait fuir cet endroit au plus vite, retrouver le confort douillet de sa chambre d'hôtel, passer sous une douche, effacer le cauchemar de la nuit, et surtout prendre le temps de se repasser le film des derniers événements. Quelque chose clochait. Les policiers, même les plus corrompus du monde, n'avaient pas pour habitude d'éliminer deux Occidentaux. Les risques étaient trop importants. Une voiture en maraude les avait embarqués dans la minute. Le chauffeur, un Thaï d'une cinquantaine d'années en chemisette blanche, ne paraissait pas comprendre un mot d'anglais. Marc n'avait pas insisté. Il avait fouillé dans la poche de son jean et s'était contenté de lui glisser une carte de visite de leur hôtel, comme c'était l'usage, avec l'adresse indiquée en écriture thaï. L'homme l'avait décryptée, acquiescé, puis fait demi-tour sur l'avenue pour se diriger au nord, et regagner par les autoroutes qui transperçaient la Cité des Anges le quartier de Sukhumvit. L'adrénaline refluait. Marc s'était affalé sur la banquette arrière. Il avait pris conscience des vibrations répétées de son téléphone portable en mode silencieux alors qu'ils dépassaient les pagodes dorées à l'or fin du gigantesque Palais royal construit par le roi Rama 1er. Par réflexe, le journaliste avait décroché. La voix de Katie l'avait surpris. Il l'avait oubliée dans la confusion de la nuit. Merde, que lui voulait-elle maintenant ?

***

— Marc, il s'est passé quelque chose de grave, annonça d'emblée la photographe. Je suis à la rédaction de *Paris Flash*. Ils ont reçu un e-mail extrêmement inquiétant accompagné d'une vidéo malsaine qui semble t'être adressée.

— Explique-moi !

Elle lui résuma les événements. Aussi sobrement que possible. La jeune femme bâillonnée filmée en plan fixe ; les cris insupportables de la victime invisible suppliant qu'on l'achève ; le regard de la première forcée d'assister au supplice. Sans que l'on sache si c'était réel ou simulé. Marc l'écouta un long moment sans l'interrompre. Presque sonné. La fatigue l'empêchait d'apprécier la situation à sa juste mesure. Il ne voyait pas où son ancienne partenaire voulait en venir. Pourtant, un signal ténu, comme un frémissement dans la nuque, lui commanda de se reconcentrer. Ses réflexes prenant le dessus, il la coupa et demanda des précisions :

— Tu me dis qu'il s'agissait d'une vidéo…

— Oui, répondit-elle. Un film de qualité amateur tourné avec une caméra légère, un téléphone portable ou un gadget sophistiqué dans le genre.

— La personne sur les images, l'avez-vous identifiée ?

— Non, nous n'avons aucune idée de son nom. Les seuls indices que nous possédons figurent sur le film. Elle est blonde et elle a la peau très bronzée, comme si elle avait passé beaucoup de temps au soleil.

— Et les supplications ?

— Qu'est-ce que tu veux dire ?

— Dans quelle langue étaient-elles ?

— En anglais.

— Avez-vous essayé de remonter la piste de l'e-mail avec les services informatiques ?

— Oui, mais cela n'a rien donné pour le moment. Le message vient d'une source cryptée.

— Et aucun média n'a encore relayé cette information ni diffusé ce film ?

— Non. Nous avons vérifié les télés étrangères, les sites d'information en Europe, aux États-Unis, en Amérique du Sud et même en Asie. Nulle part il n'est question de cette histoire.

— C'est peut-être un *hoax*, une arnaque, suggéra Marc.

— C'est une possibilité, répondit Katie, mais je te jure que cette vidéo paraît bien réelle. Et puis il y a le message.

— Quel en est le texte ? demanda Marc, sentant de nouveau les poils de sa nuque se hérisser.

— « Mon nom est Légion, car nous sommes beaucoup… »

— Qu'est-ce que c'est que cette connerie ? lâcha-t-il avec irritation.

— C'est une phrase tirée de la Bible, expliqua Katie. Il s'agit d'une allusion aux multiples formes que peut prendre le diable pour les croyants.

— Oui, je connais cette citation. Et alors ? Quel est le rapport avec moi ?

— Elle est tirée d'un des textes des quatre évangélistes.

— Lequel ?

— Saint Marc…

2.

Vendredi 20 juillet, 23 h 59.
Madrid (Espagne).

« Mesdames, messieurs, nous ouvrons ce journal avec un fait-divers particulièrement dramatique… L'affaire s'est déroulée très tôt dans la matinée dans l'un des endroits les plus fréquentés de Benidorm, la plage de Levante… Nous venons simplement d'apprendre la nouvelle. »

Discrètement maquillée, le regard fixe mais bienveillant, Almudena Abascal Arbona transperçait mentalement l'objectif de la caméra pour saisir le téléspectateur et l'inciter à rester sur ce programme. La sculpturale présentatrice du journal télévisé nocturne affichait une mine dramatique de circonstance. La jeune femme aux longs cheveux blonds s'était entraînée durant des mois devant la glace de sa salle de bains et pendant ses cours de média-training particuliers pour mimer avec naturel cette expression concernée qui en faisait selon le magazine people *Holà !* la nouvelle présentatrice préférée des téléspectateurs. Ni trop sympathique ni trop austère, c'était l'équilibre attendu de sa part pour annoncer le dernier scoop de la chaîne commerciale espagnole Antenna 3. Une information exclusive susceptible de faire exploser d'un coup l'audience estivale et de semer une belle panique dans les stations balnéaires de la Costa Blanca. La journaliste disparut des postes de télévision dans un fondu enchaîné, mais sa voix au timbre mélodieux continua de commenter les images du reportage, tournées sur la plage de Levante, qui défilaient en continu. Sur le petit écran, une silhouette emmitouflée dans une couverture de survie argentée détonnait au milieu de la dizaine de policiers en uniforme bleu nuit s'agitant en tous sens. Elle était la seule à rester immobile. Capturée avec un téléphone portable par le serveur d'un café depuis la promenade en béton qui ceinturait le bord de mer, l'image était de mauvaise qualité et tremblotait. La chaîne avait reçu le film en fichier attaché dans l'après-midi sur l'adresse e-mail qui apparaissait entre deux flashs infos, et proposait aux téléspectateurs ayant vu et filmé un événement d'actualité de monnayer leurs vidéos. Antenna 3 avait payé 45 000 euros pour s'en assurer l'exclusivité. Autant dire : rien. Les services commerciaux de la chaîne avaient certifié qu'ils pouvaient revendre ces images dans le monde entier et en gagner le triple. Il y eut un gros flou le temps que celui qui tenait l'appareil zoome et fasse la mise au point sur le beau visage aux yeux vides d'une jeune femme blonde.

« … Une touriste hollandaise du nom de Femke Flinders a été découverte en état de choc au bord de la Méditerranée, poursuivit Almudena Abascal Arbona. La jeune femme était totalement nue. Détail horrible… Selon des témoins dignes de foi, elle tenait entre ses mains la tête tranchée d'une autre femme. La police locale n'a pas voulu commenter cette information ni donner plus de détails sur cette abominable affaire. L'identité de Mlle Flinders nous a simplement été confirmée en fin de soirée par les inspecteurs locaux. D'après nos informations exclusives, elle se serait rendue au cours de la nuit précédente avec l'une de ses amies dans une boîte de nuit locale très fréquentée, le Club Manssion. C'est à cet endroit que l'on perd la trace de Femke Flinders... »

***

Samedi 21 juillet, 6 h du matin.

Bangkok, rive est du fleuve Chao Praya (Thaïlande).

— Marc, tu m'entends ? demanda Katie. Réponds-moi !

Dans le taxi, le journaliste s'était redressé. Le téléphone calé contre son oreille, il tentait de rassembler ses esprits. « Mon nom est légion »... Qu'est-ce que c'était que cette histoire ? Pendant encore quelques secondes, il resta sans dire un mot sous le regard flegmatique de Kiefer Wisemann tandis que leur taxi filait dans les rues temporairement calmes de Bangkok. Marc était épuisé. Sous son crâne, les deux affaires se mélangeaient maintenant dans un maelström sans queue ni tête. Elles semblaient pourtant distinctes. D'un côté, en Thaïlande, Nadejda la prostituée russe exécutée à Bangkok et les meurtres destinés à l'Internet. De l'autre, en France, cette vidéo surgie de nulle part avec une femme en gros plan bâillonnée tandis qu'une deuxième personne paraissait s'y faire torturer... Et cette phrase tirée de l'Évangile selon saint Marc lui était-elle vraiment adressée ? Dans quel but ? Que signifiait-elle ? Était-elle liée, même indirectement, à Teknokiller ? Essayait-on de lui envoyer un message ?

— Marc, dis-moi quelque chose, bordel de... *fuck !*

L'incongruité du juron le sortit de ses cogitations.

— Oui, Katie, je suis là. Excuse-moi, j'avais la

tête ailleurs… J'essaye d'analyser ce que tu viens de m'expliquer et de trouver un sens logique à tout ça…

— Je ne crois vraiment pas que cela soit le moment, le coupa la jeune femme avec irritation. Maintenant, il faut que tu nous rejoignes le plus vite possible au magazine, dans les bureaux de *Paris Flash*.

— Et pourquoi ferais-je ça ? questionna Marc.

— Mais pour que tu nous aides ! répondit-elle, sincèrement étonnée par sa question.

— Que voudrais-tu que je fasse ? Je ne suis ni informaticien ni policier.

— Et bien, je ne vais pas te donner de faux espoirs, mais il y a… Jillian.

— Qu'est-ce que Jillian vient faire dans cette histoire ? s'emporta-t-il soudain. Tu crois que, parce qu'un nouveau taré a envoyé à la rédaction un e-mail avec une citation tirée de l'Évangile selon saint Marc, je vais rappliquer dare-dare ? Jillian est morte à Bali.

Il y eut un long silence sur la ligne que Katie finit par briser.

— Je sais que tu ne crois pas un mot de ta dernière phrase.

Comment pouvait-elle savoir ? Marc ne répondit pas. Il tentait de contrôler la boule de terreur mêlée d'espoir intense qui grandissait dans son ventre depuis quelques minutes. Il n'avait jamais parlé à l'Américaine de la clé USB reçue par courrier quelques mois après le drame de Bali, ni de ce qu'elle contenait.

ATTENDS. REGARDE. ÉCOUTE… ET REJOUE.

L'espoir était si ténu. « Mon nom est Légion »… Teknokiller était certes un manipulateur mais aussi un assassin solitaire. Cette phrase n'avait aucun sens. Il ne tuait pas ses victimes pour filmer leur calvaire. Il enregistrait des sons pendant qu'il les faisait souffrir et s'attachait à capter leur dernier cri avant leur mort. Pourquoi aurait-il réalisé la vidéo décrite par Katie ? Et pourquoi l'envoyer sur le site de *Paris Flash* et non pas directement sur son e-mail personnel ? Et à quoi faisait allusion la citation biblique ? Mais si, comme le suggérait Katie, Teknokiller lui adressait à nouveau un message par des chemins détournés comme celui que contenait le fichier informatique qui pendait à son cou au bout d'une chaîne en argent, Jillian était peut-être encore en vie. C'est tout ce qui comptait.

Il fallut que Katie répète deux fois sa question avant que Marc ne la comprenne et ne réagisse.

— Hein ?

— Marc, où es-tu ?

— À Bangkok.

— Quoi ? Mais… mais qu'est-ce que tu fabriques en Thaïlande ?

— C'est compliqué, Katie. Je vais devoir raccrocher. Je te recontacterai.

— Mais, Marc…

Il coupa net la communication. Dans le taxi, quelques secondes plus tôt, Kiefer avait posé la main sur son avant-bras comme pour le préparer au pire. Ils arrivaient à l'hôtel. Et un problème qui réclamait d'urgence toute leur attention venait de surgir.

Chapitre 9

« ... Let me please introduce myself
I'm a man of wealth and taste
And I lay traps for troubadours
Who get killed before they reach Bombay... »

« ... Laissez-moi me présenter
Je suis un homme de goût et fortuné
Et je pose des pièges pour les troubadours
Qui se font buter avant d'atteindre Bombay... »

Sympathy For The Devil – The Rolling Stones

News... News... News...

La SNCF annonce que le TGV low-cost sera 25 % moins cher – Au Havre, sept personnes dont deux femmes mises en examen pour trafic de stupéfiants – Le corps d'un homme partiellement dévoré par ses chiens découvert à Bordeaux – Selon une étude du CSA, 80 % des garçons entre quatorze et seize ans ont déjà vu au moins une fois un film pornographique cette année – À Versailles, l'exposition de Joana Vasconcelos fait le plein.

1.

Samedi 21 juillet, 6 h 45 du matin.
Bangkok, quartier de Sukhumvit (Thaïlande).

— Les flics, annonça simplement Kiefer.

Il sortit prestement le revolver récupéré sur le guetteur éliminé près des quais de Thonburi, et appuya le canon de son arme contre le cou du chauffeur. En anglais, l'Israélien lui ordonna froidement de continuer tout droit. *Don't turn, keep going, straight ahead*... Le Thaï avait déjà commencé à braquer et s'apprêtait à s'engager dans la ruelle qui menait à leur hôtel. Le contact du métal glacé le fit paniquer. Il cala. L'Israélien donna un coup sec de sa main libre sur l'appui-tête qui vint heurter durement l'arrière du crâne du conducteur. Celui-ci retint une sorte de jappement, pétrifié de terreur. Kiefer lui répéta de nouveau en anglais, cette fois plus lentement, de continuer sa route et de suivre les voitures qui le précédaient sur la voie de droite. Le chauffeur ravala un sanglot et remit le contact. Avec maladresse, il contre-braqua et, après s'être légèrement déporté, le taxi corrigea sa trajectoire et se replaça dans la file des véhicules qui avançaient maintenant au pas en ce début de matinée, pare-chocs contre pare-chocs, dans ce quartier fréquenté de la ville. Par la vitre de la portière, Marc aperçut à une vingtaine de mètres à peine deux voitures de police qui stationnaient devant leur hôtel. Leurs gyrophares bleus tournoyaient en silence, signalant leur position de façon saugrenue. Au même moment, trois hommes surgirent du hall en bousculant les grooms en livrée beige et marron. Le journaliste reconnut la silhouette épaisse de celui que Lek avait désigné sous le nom de Chatchaï. Il semblait hors de lui. Le commandant se dirigea vers les voitures à l'arrêt et, indiquant les lumières clignotantes, il se mit aussitôt à engueuler le groupe de policiers en civil qui se tenait devant. Il talocha même l'un des hommes, qui ne réagissait pas assez vite à son goût. Il aurait suffi d'un rien, que l'idée vienne soudain à Chatchaï de se tourner dans leur direction, pour qu'il les aperçoive et les reconnaisse. Kiefer fit signe à Marc de se caler contre la banquette arrière pour être moins visible.

Ralenti par le trafic, le taxi avançait à une allure réduite. Ils avaient péniblement dépassé l'angle de la ruelle quand leur véhicule dut de nouveau piler. Soudain, il y eut un bruit sec, et l'air chaud du dehors s'engouffra par la portière avant pendant que leur chauffeur se laissait rouler à terre. L'homme se releva avec difficulté, les mains écorchées par le bitume. Il se mit aussitôt à hurler en thaï pour attirer l'attention, rameutant des curieux. Kiefer jura. Il avait eu une seconde d'inattention. Dans sa partie, c'était déjà trop. L'Israélien ouvrit la portière arrière, jaillit à l'extérieur et, sans se préoccuper des cris de la foule, s'installa sur le siège avant abandonné. Le Thaï y avait oublié ses clés. Kiefer remit le contact, redémarra et fit déboîter la voiture dans un crissement de pneus sur la file de gauche restée libre. Un autre taxi arrivait en face. Kiefer klaxonna et accéléra. Il fonçait droit sur lui.

***

Lorsque Kiefer Wisemann avait été repéré, approché et recruté voilà une douzaine d'années par les responsables de Sayeret Matkal, l'une des plus prestigieuses unités des forces spéciales au sein de l'armée israélienne, spécialisée dans le contre-terrorisme et l'infiltration, il portait un autre nom. Depuis, il en avait changé si souvent au fil de ses missions qu'il lui arrivait parfois de se demander qui il était vraiment. C'était un homme d'action, sans idéal à part la défense de son pays, Israël. Du moins l'avait-il cru pendant longtemps. Il suivait les ordres, accomplissait ce qu'on lui demandait de faire avec un soin extrême. Pendant plus de deux ans – vingt-neuf mois exactement –, Kiefer ou quel que soit son nom s'était entraîné au sein des *gibbush*, les camps secrets de Tsahal, l'armée israélienne. Là, il avait développé son endurance physique et psychique. Il pouvait rester plusieurs jours sans dormir, harcelé par des moniteurs impitoyables. Il avait aussi été formé à se battre et à tuer au corps à corps en utilisant toutes les ressources des arts martiaux connus, du *krav-maga* au *wing shun* chinois (celui-ci avait sa préférence) en passant par le *systema* russe. Des semaines durant, il avait développé son habileté à manier des armes à courte portée et sa capacité à survivre dans un environnement extrêmement hostile, entraîné par des pisteurs bédouins, avant d'être considéré par ses pairs, au terme d'une ultime marche de cent cinquante kilomètres, comme digne de recevoir le béret rouge marquant son admission officielle au sein de cette unité d'élite qui avait vu passer deux anciens Premiers ministres israéliens : Ehud Barak et Benjamin Netanyahu. Selon l'usage, il avait dû taire à ses proches son appartenance à Sayeret Matkal, même si ceux-ci s'en doutaient. Israël était un petit pays. Tout s'y savait. Rien ne se disait. Le silence était la règle. Il suffisait qu'il apparaisse dans son uniforme débarrassé de toutes traces distinctives pour qu'un œil averti devine sa prestigieuse affectation. Huit ans durant, il avait œuvré en secret pour Israël. Des missions dont on ne parlait pas. Jamais. Jusqu'au jour où il s'était trouvé en désaccord avec sa hiérarchie. Ce jour-là, Kiefer Wiseman avait découvert qu'il n'était pas juste une machine à tuer : il avait une conscience et, surtout, il ne voulait pas mourir pour protéger la folie extrémiste de quelques fous de Dieu. Quels qu'ils soient ! Quitter Tsahal n'avait pas été une sinécure. Il avait dû donner des gages.

2.

Samedi 21 juillet, 7 h du matin.
Bangkok, quartier de Sukhumvit (Thaïlande).

La voiture arrivant en face s'écarta au dernier moment, mais heurta violemment la bordure surélevée du trottoir en ciment. Le choc entre les deux taxis envoya Marc s'écraser avec brutalité contre la banquette arrière. Il y eut un fracas intense de tôles concassées, suivi du rugissement des pneus qui patinaient dans le vide, puis un grand bond en avant lorsque Kiefer parvint à dégager leur véhicule d'un brusque coup de volant. Il réussit à le glisser dans le peu d'espace laissé vacant. Marc se cramponnait là où il le pouvait, ses doigts agrippant l'arrière du rembourrage du siège passager à s'en faire saigner les jointures. Leur taxi fila ainsi à soixante kilomètres par heure sur une centaine de mètres, dépassant la file d'automobiles à l'arrêt sur sa droite, et dérapa ensuite au bout de la ruelle dans un virage à angle droit. Ils vinrent tamponner à leur tour le trottoir en ciment surélevé, et calèrent à nouveau. Sans montrer un seul signe d'énervement, Kiefer coupa le contact. Puis il fit redémarrer la voiture. La voie de gauche était restée libre. Ils repartirent klaxon hurlant dans le sens inverse de la circulation en direction du métro aérien et de l'avenue Sukhumvit. L'aiguille du compteur de vitesse avait fait un nouveau bond. Sans prévenir, l'ancien commando de Tsahal vira en dérapant dans une contre-allée sur la gauche, coincée entre deux barres d'immeubles. Marc tourna la tête pour regarder par la vitre arrière ce qui se passait dans leur sillage, mais, malgré le bruit des sirènes de police, personne ne semblait en mesure de les suivre dans leur course folle. Kiefer braqua encore une fois à droite, puis de nouveau à gauche. Il s'arrêta brusquement dans l'arrière-cour d'un hôtel où les employés les dévisagèrent, ébahis.

— Allez, *go, go, go*... on s'éjecte ! ordonna-t-il en jaillissant du taxi.

La porte arrière du côté de Marc avait été enfoncée par le choc avec le taxi. Il dut balancer trois, quatre violents coups de pied avant de pouvoir sortir. Kiefer se dirigeait déjà vers un étroit passage couvert entre deux immeubles. Le journaliste se mit à courir pour le rejoindre. Il ne faisait que vingt-cinq degrés, mais il était trempé de sueur. Les deux hommes débouchèrent dans l'avenue Sukhumvit traversée par les pylônes du métro, au milieu de la foule matinale des habitants de Bangkok se rendant à leur travail et des commerçants installant leurs stands de vêtements, chaussures, DVD et CD piratés. L'Israélien héla un taxi, qui pila à ses pieds. Ils s'y engouffrèrent. Kiefer sortit un billet de 1000 bahts et indiqua au chauffeur de filer tout droit sans poser de question.

— Et maintenant ? interrogea Marc après quelques minutes de silence pour reprendre son souffle. Que fait-on ?

— Nous n'avons pas vraiment le choix, répondit Kiefer. Nous allons nous fondre dans la ville et disparaître pour le moment

— Et après ?

— Après, on improvise.

— Mais ces types veulent nous buter. Il faut qu'on aille s'expliquer auprès de vrais flics.

— Lesquels ? Qui te dit qu'ils ne sont pas tous de mèche ? Comment distingueras-tu les bons des méchants ? répliqua Kiefer. Non, nous n'avons pas beaucoup d'options. Il faut que nous disparaissions des écrans radar pour quelque temps et que nous sortions du pays. Je te rappelle que nous avons éliminé plusieurs policiers.

— Sortir du pays ? Mais comment ? Nous serons sûrement fichés dans tous les aéroports.

— J'ai ma petite idée, souffla l'Israélien en fixant l'affichette en anglais présentant le tarif des trajets fixée sous le compteur du taxi.

Elle indiquait le prix des courses à travers tout le pays avec le kilométrage exact jusqu'à destination. Kiefer fit signe au chauffeur de s'arrêter.

Ils prirent un autre taxi, puis encore un autre, s'enfonçant toujours plus loin dans la ville tentaculaire, brouillant les pistes à dessein. Leur épuisant manège dura une partie de la matinée. Marc était sur les nerfs. À midi, après une énième course au hasard, il explosa alors que leur voiture était à l'arrêt dans un embouteillage.

— Bordel, tu m'expliques ou je sors !

— Tu te calmes, répondit Kiefer en lui saisissant le poignet et en exerçant une pression amicale mais ferme. Toutes ces allées et venues en voiture, c'était pour que nous restions invisibles. Si nous avions pris le métro, nous aurions été rapidement repérés par des caméras, idem si nous nous étions promenés dans les rues. Aujourd'hui, il y a des caméras de surveillance au moindre coin de rue. En restant dans des taxis, nous avons une petite chance de passer inaperçus, juste deux touristes occidentaux qui se fondent parmi d'autres à Bangkok.

— Et après ? Nous n'allons pas passer notre vie à tourner dans la ville.

— Combien as-tu sur toi ?

Marc fit les poches de son jean et sortit une liasse de billets.

— À peu près 40 000 bahts. Et j'ai 5 000 dollars cachés dans ma ceinture.

— C'est plus que suffisant, dit l'Israélien en lui empruntant deux billets de 5 000 bahts.

Il se pencha vers l'avant, et désigna l'affichette sous le compteur au chauffeur qui indiquait la distance entre Bangkok et les autres villes de Thaïlande. Il montra l'un des billets, et demanda :

— Phuket ?

Le taxi s'était retourné et le regardait sans comprendre. Kiefer répéta : « Phuket ? » en ajoutant le deuxième billet. Un large sourire vint éclairer le visage du conducteur, un jeune Thaï à la peau claire qui répondit en anglais.

— Pas de problème, il faut juste que je prévienne ma famille.

— Très bien. Combien de temps pour y arriver ?

— C'est à un peu plus de neuf cents kilomètres. Il faut une journée. Si nous roulons bien, nous y serons demain après-midi.

Deuxième Partie

« Le spectacle de la mort a traversé toutes les cultures et toutes les civilisations, et ces sinistres "représentations" n'ont jamais manqué de spectateurs enthousiastes. Les exécutions ont ainsi longtemps été l'occasion pour un public avide d'émotions extrêmes de s'agglutiner au pied de l'échafaud, et de partager des sensations excitantes fort éloignées des tourments de la vie quotidienne. Les snuff movies, *ces films qui contiennent les images d'un vrai meurtre, reposent sur un processus tout à fait similaire que l'on pourrait résumer par ces quelques mots : le plaisir de voir mourir. »*

Sarah Finger – *La Mort en direct*

Chapitre 10

« ... Pleased to meet you
Hope you guessed my name, oh yeah
But what's puzzling you
Is the nature of my game, oh yeah,
get down, baby... »

« ... Ravi de vous rencontrer
J'espère que vous avez deviné mon nom, oh yeah
Mais ce qui doit rester une énigme pour vous
C'est bien à quoi je joue, oh yeah,
venons-en aux faits, baby... »

Sympathy For The Devil – The Rolling Stones

News... News... News...

Au Brésil, le gouvernement officialise le dialogue avec les représentants de la société civile – Nucléaire : l'Iran réclame une levée des sanctions internationales avant de faire la moindre concession – Affaire Merah / TF1 : le parquet de Paris a élargi l'information judiciaire ouverte – Les marchés restent sceptiques sur l'avenir de la zone euro – Une collection unique de 4 000 photos de Marilyn Monroe exposée en Pologne.

1.

Samedi 21 juillet, 7 h 02 du matin.
Paris (France).

La sonnerie insistante du téléphone sortit Katie d'une mauvaise nuit de sommeil. Enroulée dans un simple drap blanc humide de sueur, elle palpa maladroitement quelques secondes sur le côté du lit avant d'atteindre le câble du chargeur. Ensuquée, elle tira dessus jusqu'à ce qu'elle agrippe le boîtier de son portable et fasse enfin cesser la sonnerie en décrochant.

— Allume ta télé, lui intima une voix qu'elle ne reconnut pas. Mets-toi sur une chaîne info. Il faut que tu voies ça tout de suite !

Engourdie, Katie n'avait pas identifié son interlocuteur. L'information stationnait encore dans une zone mal définie de son cerveau, mais elle finit par obéir avec un petit temps de décalage. Dans la pénombre de la chambre, elle tâtonna de nouveau. Enfin, elle mit la main sur la télécommande qui commandait l'allumage de l'écran plat. La télévision était posée sur une cantine en métal dans un coin de la pièce. Elle appuya au hasard sur un bouton.

— Alors ? s'impatienta Patrick Boudou, le rédacteur en chef adjoint de *Paris Flash* toujours en ligne.

Elle jura entre ses dents. Que lui voulait cet emmerdeur à une heure pareille ? Katie dut batailler quelques secondes de plus avec la zappette avant de parvenir à afficher le journal de la chaîne BFM TV sur le canal 15. Sans le son. Merde ! Elle augmenta le volume.

« … Comme nous vous l'annoncions en titre de cette édition spéciale, un fait-divers particulièrement sordide en Espagne, annonça la présentatrice, une blonde mince aux cheveux courts avec le ton et la mine graves de circonstance. Une touriste néerlandaise a été découverte errant sur une plage de la station balnéaire de Benidorm sur la Costa Blanca. La jeune femme paraissait dans un état de choc profond. Selon les témoins présents sur place, la victime était entièrement nue et agrippait entre ses mains la tête coupée d'une autre jeune femme aux cheveux roux. Détail horrible, d'après les informations de plusieurs chaînes de télévision espagnoles, ses doigts avaient été fixés avec de la colle extra-forte au crâne de la victime… »

Un plan serré apparut sur l'écran dévoilant le beau visage aux traits réguliers de Femke Flinders, la jeune femme découverte divaguant sur la plage. Il arracha un cri de surprise à la photographe.

— *Fuck !* s'exclama la photo-reporter américaine dans sa langue natale.

Cette fois, elle était bien réveillée. Elle sentit un rush d'adrénaline exploser dans ses veines. Son cœur faisait des bonds dans sa poitrine.

— Oui, Katie, c'est bien la fille de la vidéo, réagit le rédacteur en chef adjoint de *Paris Flash* en l'entendant jurer. Tu sais ce qu'il te reste à faire. Tu prends tes appareils, tu files à l'aéroport fissa et tu montes dans le premier avion en direction de l'Espagne. Je préviens Nathalie. Elle te rejoindra là-bas. OK ?

— Oui, répondit la jeune femme.

— Vous ferez équipe comme à Lampedusa. Nous

avons plusieurs longueurs d'avance sur les médias français. Il faut en profiter pour que vous soyez rapidement sur place et rafliez tout ce qu'il y a à prendre. Je m'occupe de vous faire verser une avance pour vos frais. D'accord ?

— Oui, ça me va. Je te laisse…

— Attends, encore un truc… Est-ce que Marc t'a rappelé depuis que tu as quitté le journal ? demanda Patrick, soucieux.

Le responsable du magazine s'étonnait du silence persistant de celui qu'il avait formé autrefois et qu'il considérait toujours comme son ami malgré le drame qui les avait éloignés. Si Marc avait repris le métier qu'il aimait tant un an plus tôt, c'était grâce à l'insistance du rédacteur en chef adjoint de *Paris Flash*. Mais depuis la disparition de Jillian à Bali, là où sa propre fille était morte victime d'un attentat à l'aveugle alors qu'elle était en voyage de noces avec Marc, il n'osait plus appeler son gendre de crainte de remuer des souvenirs douloureux.

Avant de répondre, Katie jeta un rapide coup d'œil sur l'écran de son portable. Aucun nouveau message n'y figurait. Une crampe d'angoisse lui serra le ventre. Que faisait Marc ? Pourquoi ne l'avait-il toujours pas rappelée ? Devait-elle indiquer à Patrick où il se trouvait et risquer de l'inquiéter un peu plus ? Elle pesa le pour et le contre une petite seconde et décida de jouer franc jeu.

— Oui, dit-elle, mais je ne l'ai eu que brièvement. D'ailleurs, c'était bizarre comme contact. Il semblait pressé. Il a raccroché en me promettant de me rappeler plus tard. Il m'a juste expliqué qu'il était en Thaïlande.

— En Thaïlande ? Mais, bon sang, qu'est-ce qu'il fabrique là-bas ? s'exclama Patrick, dont l'anxiété venait soudain de grimper de plusieurs crans.

— Qu'est-ce qui se passe ?

— Une urgence, mon cœur. Il faut que je file. Recouche-toi.

Katie se pencha sur son homme pour l'embrasser sur le front, mais Selim leva la tête et rencontra ses jolies lèvres. Ils ne se connaissaient que depuis six mois, néanmoins le manager de groupes de hip-hop avait déjà appris à composer avec les départs et les retours aussi soudains qu'excitants de la jeune femme. Pour l'instant, il s'en accommodait. Sa langue vint délicieusement s'entortiller autour de la sienne. Contrairement à beaucoup d'hommes, son haleine sentait la menthe fraîche. Ce n'était pas ce seul détail qui avait fait craquer l'Américaine, mais elle ne l'en appréciait que plus pour cette délicate attention.

— On a le temps de faire un câlin ? chuchota-t-il, malicieux.

Katie faillit répondre que non, qu'elle avait d'abord besoin d'une bonne douche, mais déjà Selim pressait son corps mince et musclé contre le sien. Elle sentit son désir monter contre sa cuisse et, vaincue, se laissa couler dans l'exquise étreinte du matin.

2.

Samedi 21 juillet, 16 h 30.
Ville de Pran Buri, quelque part sur la route entre Bangkok et l'île de Phuket (Thaïlande).

Il court sur le sable. À chaque pas, il se rend compte que ses pieds s'enfoncent plus profond, aspirés par les entrailles de la terre, entravés par une force invisible. Devant lui, dans la nuit chaude éclairée par la pleine lune, il entrevoit deux silhouettes qui se dérobent au loin. Un homme et une femme. Il entend son cœur cogner dans sa poitrine comme s'il était sur le point de déchirer sa cage thoracique.

BOOM-BOOM-BOOM

Les étoiles brillent. La Voie lactée irradie dans le ciel pur. Il reconnaît même la constellation de la Croix du Sud, avec ses quatre repères lumineux. Il s'étonne de remarquer ce détail alors qu'il lutte contre le sol mouvant. Là-bas, les deux formes – l'homme et la femme – commencent à s'estomper. Il sait qu'il doit les rattraper. C'est vital. Un reflet de lune embrase brièvement une masse soyeuse de cheveux rouge sang, donnant le sentiment que cette crinière mordorée va soudain s'enflammer. Il bande les muscles de ses cuisses, arrache un pied enfoncé dans le sable, fait un autre pas, puis de même de l'autre côté. Et recommence. Une enjambée, puis une autre... Il se remet à courir. Vite ! Plus vite encore. Allez ! Allez ! Allez ! Le cœur trouve son rythme. Un battement. Il aspire le sang comme une pompe. Une contraction. Il l'expulse vers les poumons. Il file maintenant tel le vent. Trop tard ! Il n'y a plus personne devant lui... La plage est vide. Il s'arrête, tourne sur lui-même. Perdu. Défait. Une fois, deux fois, trois fois. L'Océan. Le bruit des vagues l'appelle.

Elle est là.

Seule.

L'homme, l'Autre, a disparu. Elle est nue, le corps immergé jusqu'aux hanches. Son visage est dissimulé par son épaisse chevelure flamboyante. Elle semble l'attendre. Immobile. Sirène à la peau nacrée. Prête à chanter. À l'enchanter. Il distingue ses deux seins ronds aux larges aréoles sombres. Elle lève lentement la tête. Deux yeux noirs et vides le contemplent… Jillian.

« Es-tu en vie, mon amour ? » chuchote-t-il.

Nauséeux, Marc expira doucement la fumée de son cigarillo puis avala une gorgée de bière glacée. Il se sentit un peu mieux. Depuis une dizaine de minutes, Kiefer avait disparu dans une boutique dont la devanture proposait des consultations Internet et des communications longue distance à des tarifs défiant toute concurrence. « J'ai besoin de parler à quelqu'un. » L'Israélien n'avait rien dit de plus. D'un geste, il avait refusé le téléphone que le journaliste lui tendait. Sans autre explication. Puis il s'était éloigné. En le rengainant, le Breton avait vérifié le niveau de sa batterie. Elle n'était plus qu'à cinquante pour cent de ses capacités. La veille, il avait laissé le chargeur dans sa chambre d'hôtel à Sukhumvit. Par précaution, Marc décida d'éteindre son portable pour économiser l'énergie en attendant de trouver une solution. Il pourrait en avoir besoin.

Depuis leur départ de Bangkok, les deux hommes et leur chauffeur avaient parcouru un peu moins de deux cent cinquante kilomètres en trois heures. Épuisé par les événements de la nuit précédente, Marc s'était endormi comme une masse dans la voiture. C'est là qu'il s'était réveillé en sursaut, glacé par son cauchemar. Un rêve récurrent qui le hantait depuis des mois. À ce moment, le véhicule commençait juste à ralentir, gêné par l'important trafic dans les rues de la petite ville côtière de Pran Buri, une station balnéaire sans grand intérêt au bord du golfe de Thaïlande.

Marc picora un morceau de porc frit dans son assiette et retourna son sourire au chauffeur de taxi. Celui-ci lui lança une phrase en thaï qu'il ne comprit pas. Il sourit de nouveau. Mal à l'aise. La situation était nouvelle pour lui. Pour la première fois, il se retrouvait dans la peau d'un fugitif. D'habitude, il était dans le camp des chasseurs, des traqueurs d'information. Il détestait cette sensation de devoir s'en remettre à un tiers pour sa sécurité. Les idées se bousculaient dans sa tête. Marc ouvrit le mini-sac à dos qu'il trimbalait partout et en sortit un petit carnet, un feutre noir et un lecteur MP3 avec des écouteurs dont il se coiffa. Il sélectionna le premier album d'Applause, un groupe belge qu'il venait de découvrir et dont la musique sophistiquée, mélange de trip hop et de rock cotonneux, lui rappelait à la fois Massive Attack, les Doors et Radio-Head. Une improbable Sainte Trinité. La voix fiévreuse du chanteur s'éleva dans les écouteurs, l'isolant des bruits extérieurs, formant comme une bulle rassurante. Marc commença à écrire. Un rituel de journaliste mille fois répété sur le terrain lorsqu'il était en reportage. Il avait besoin de visualiser ce qu'il savait, d'aligner des hypothèses pour se constituer une vision d'ensemble et réfléchir à de nouvelles pistes.

***

Marc relut ses notes. Cela n'allait pas. Il venait de résumer en quelques lignes ce qui s'était passé depuis son arrivée à Bangkok. Sans que rien ne se dégage de ces mots. Quelque chose le perturbait, l'empêchait de se concentrer complètement sur cette seule affaire. Le coup de fil de Katie avait réveillé en lui l'espoir. Et le cauchemar avec Jillian et Teknokiller dans le taxi le hantait toujours. Il ratura d'abord ce qu'il avait écrit. Puis, d'un geste rageur, il arracha la feuille, la roula en boule et la jeta sous la table. Il recommença à écrire sur une double page vierge. À gauche, il inscrivit ce que Kiefer et lui avaient découvert ces dernières vingt-quatre heures. À droite, il nota ce que la photographe lui avait révélé au téléphone.

Thaïlande

1) Fait = Nadejda Kanijtiva : une prostituée russe assassinée à Bangkok. Pourquoi ? Par qui ?

2) Implication de la police thaï ? Qui est le commandant Chatchaï ? Pourquoi ses hommes nous ont-ils attaqués ? Cherchaient-ils à nous tuer ?

3) Films ? Films sur Internet ?

France

4) Fait = vidéo d'une inconnue postée sur le site de *Paris Flash*. Jeune femme torturée ?

5) Fait = Message : « Mon nom est légion, car nous sommes beaucoup… »

6) Fait = Message tiré de l'Évangile selon saint Marc. À mon intention, d'après Katie.

7) Lien avec Jillian ? Est-elle encore en vie ?

Marc entoura les mots « films » et « Internet », puis « vidéo » et « site ». Il les relia par des traits. Ensuite, il souligna deux fois le prénom de Jillian et resta un moment à contempler sa liste. Il sentait confusément qu'il existait une logique derrière tout cela. Mais laquelle ? Il rajouta un huitième point à son énumération.

8) Fait = quelqu'un (Teknokiller ?) m'a envoyé en Bretagne une clé USB contenant une vidéo de Jillian avec ce message : « ATTENDS. REGARDE. ÉCOUTE… ET REJOUE. »

Une main se posa sur la liste. Marc leva les yeux, lâcha son feutre et retira ses écouteurs. Kiefer lui annonça simplement :

— J'ai eu Simohna, la fondation Uriel s'occupe de notre exfiltration.

— Comment ? interrogea le journaliste. Nous n'avons plus de passeports. Ils sont restés à l'hôtel.

— Nous le saurons sur place. Les passeports ne sont pas vraiment un problème ici. Ne nous éternisons pas dans ce bled. Nous avons encore de la route.

L'ancien commando chercha des yeux le chauffeur de taxi, qui s'était éloigné pour téléphoner de son portable. L'homme raccrocha, l'air fautif, et les rejoignit. Avant de monter à l'arrière de la voiture, Kiefer tourna la tête et examina la rue, les véhicules et les passants, comme pour photographier et figer la scène dans un coin de son cerveau. Il pourrait se la repasser au calme plus tard.

3.

Samedi 21 juillet, 17 h 15.
Banlieue de Benidorm.

— La police espagnole a découvert le lieu présumé du meurtre, une maison dans les environs de

Benidorm. Il y aurait deux cadavres, dont celui d'un homme, annonça Patrick Boudou au téléphone. D'après les premières dépêches des agences, il semble que ce soit un suicide. Ce n'est pas confirmé, mais il pourrait être le tueur.

— *Fuck*, lâcha Katie, tendue. On arrive trop tard !

Selon son humeur, l'Américaine jurait alternativement en français ou en anglais. L'utilisation de sa langue natale suggérait qu'elle perdait momentanément son calme, tandis que le français indiquait un relatif contrôle de la situation. Ce qui n'était pas le cas pour le moment. Son avion avait atterri une heure et demie plus tôt sur le tarmac de l'aéroport d'Alicante. La ville était située à une soixantaine de kilomètres plus au sud de Benidorm sur la Costa Blanca. Nathalie Garnier et Katie Jeckson s'étaient précipitées chez un loueur de voitures pour récupérer un véhicule et filer par l'autoroute jusqu'à la grande plage de Levante. En partant de Paris, elles n'avaient encore aucun contact sur place et savaient qu'elles allaient devoir improviser. Le meilleur endroit pour commencer leurs investigations paraissait être celui où avait été découverte la veille, au petit matin, la touriste néerlandaise – celle-là même dont le visage terrifié apparaissait dans la vidéo postée sur le site de *Paris Flash* et maintenant sur toutes les chaînes d'informations en continu. Dans ce genre d'affaires, la clé de la réussite, c'était la vitesse. Et si les deux journalistes avaient été aussi réactives que cela était humainement possible en ces circonstances, elles n'avaient pourtant pas été assez rapides. Elles le savaient. La plage n'avait désormais plus d'intérêt. Les enquêteurs espagnols les avaient devancées sur place depuis le matin, voire la veille au soir. Et sans aucun doute les journalistes locaux s'étaient-ils déjà rués sur ce fait-divers. En dépit ou à cause des chaleurs de l'été ou des vacances, c'était le genre d'affaire qui passionnait les gens et faisait vendre des journaux. Qu'est-ce que Nathalie et Katie allaient pouvoir découvrir en Espagne ? Que pourraient-elles raconter ? Pression supplémentaire, quelles photos Katie pourrait-elle ramener à Paris ? Ces questions, les deux femmes les ruminaient chacune dans leur tête depuis leur départ de Paris. La tension était là. Comme à chaque reportage. Mais le message ou plutôt la menace tirée des Évangiles et adressée à Marc dans le film rendait la photographe plus nerveuse que d'habitude. La climatisation défectueuse de la voiture et la température extérieure proche des 35 degrés qui les faisaient ruisseler de sueur n'arrangeaient rien à son malaise.

— Alors, qu'est-ce qu'on fait ? demanda Katie, crispée. Nous allons bientôt arriver à Benidorm.

— Attends une seconde, répondit Patrick Boudou. À Paris, nous sommes branchés sur la chaîne d'info espagnole Antenna 3. Ses envoyés spéciaux assurent un direct depuis la maison où ont été découverts les corps. Je ne pige pas un mot d'espagnol, mais, à ce que je vois, les policiers sont encore sur place. Allez-y ! D'après l'incrustation affichée à l'écran, ils retransmettent depuis Altea…

Katie l'entendit jurer tandis qu'il pianotait sur son ordinateur.

— … Ah, voilà ! C'est une petite ville au nord de Benidorm, à quelques kilomètres de là où vous devez vous trouver. Selon le plan Google que j'ai sous les yeux, il faut quitter l'autoroute après Benidorm et suivre la nationale N332. La route longe la Méditerranée.

— Tu n'aurais pas une adresse plus précise ?

— Attends ! À la télé, le bandeau d'information indique Urbanizacion El Paraiso. Cela doit vouloir dire « le lotissement du Paradis ». En fait, restez plutôt sur l'autoroute et attendez d'avoir dépassé Altea. Il y a une petite route, la CV 755 qui file en direction de la sierra qui domine la ville. La maison a l'air de faire partie d'un immense lotissement à flanc de montagne. C'est tout ce que j'ai, malheureusement, Katie !

— Merci, boss ! On va se débrouiller. En cherchant les caméras ou les voitures de flics, on devrait tomber sur la baraque de cet enfoiré.

Chapitre 11

« ... Pleased to meet you
Hope you guessed my name, oh yeah
But what's confusing you
Is just the nature of my game... »

« ... Ravi de vous rencontrer
J'espère que vous avez deviné mon nom, oh yeah
Mais ce qui vous déroute
C'est bien à quoi je joue... »

Sympathy For The Devil – The Rolling Stones

News... News... News...

Un restaurant « Resident Evil » ouvre à Shibuya (Japon) – Vincennes : le couple de dépeceurs chinois mis en examen – Fusillade aux États-Unis : Barack Obama suspend la campagne électorale pour l'élection présidentielle – Aspartame : danger non avéré pour les femmes enceintes – Insolite : un animateur de radio belge a passé 185 heures d'affilée à l'antenne.

1.

Samedi 21 juillet, 17 h.
Quelque part sur la route entre Bangkok et Phuket (Thaïlande).

De nouveau, Marc nota le coup d'œil furtif de Kiefer dans le rétroviseur du chauffeur. C'était la troisième fois depuis que le taxi avait quitté l'agglomération de Pran Buri. Ils avaient repris la route 4 à destination de Phuket et roulaient à vive allure, doublant régulièrement des pick-ups et des motos. L'Israélien essayait d'agir avec discrétion, mais Marc était maintenant bien réveillé. Par déformation professionnelle, il avait l'habitude de noter ce genre de détails à propos de ceux qui l'entouraient, et l'attitude équivoque de son compagnon l'intriguait. Il avait pour règle sur le terrain : si quelqu'un a un comportement inhabituel, il y a de bonnes chances qu'il y ait anguille sous roche.

— Un problème ? Tu as repéré quelque chose ? interrogea le journaliste.

— Non, tout est sous contrôle, s'empressa de répondre l'ancien membre des forces spéciales.

Il affichait un profil impassible.

— La dernière fois que tu m'as tenu ce genre de propos, c'était hier soir, et depuis les macchabées s'accumulent autour de nous, remarqua Marc, guère impressionné par le calme apparent de son acolyte.

— C'est exact. Mais nous sommes toujours en vie, non ?

Kiefer se tourna vers Marc. Il esquissa un rictus qui

aurait presque pu passer pour un sourire puis, le regard redevenu songeur, il se perdit dans la contemplation du paysage composé d'épaisses forêts de moussons, de palmiers et d'immenses fougères qui venaient se répandre sur les collines environnantes. Du vert à l'infini. Et là-bas, sur leur gauche, derrière la végétation, les eaux calmes et chaudes du golfe de Thaïlande. Dans moins de deux heures, il ferait nuit. Il leur restait une centaine de kilomètres avant la petite ville côtière de Bang Saphan où ils comptaient dormir.

***

Ils étaient arrivés par la mer. La vedette les avait lâchés à une quinzaine de miles de la côte, un peu au-delà de la limite des eaux territoriales, par sécurité. Aucun radar n'était pourtant en mesure de les repérer. En silence, ils avaient mis à l'eau les trois Zodiacs à coque renforcée. Dans cette nuit sans étoile, les embarcations peintes en noir étaient quasi invisibles, tout comme les neuf hommes – trois par embarcation – vêtus de treillis sombres, le visage noirci par un maquillage de guerre. Là-bas en direction de l'Orient, quelques lumières signalaient le rivage : Gaza. Une étroite bande de terre longue de quarante et un kilomètres sur laquelle se pressaient plus d'un million six cent mille Palestiniens. En montant dans le Zodiac, il avait laissé les doigts de sa main droite traîner dans la Méditerranée. La fraîcheur de l'eau lui fit du bien. Il remit son gant et se cala, à demi allongé le long du boudin droit, pour réduire sa prise au vent. Son collègue fit de même sur le côté gauche. À l'arrière, le barreur s'accroupit contre le moteur en surveillant sa montre. Une minute passa, puis deux. À 2 h 12, les trois embarcations filèrent vers la côte en formation triangulaire. Les puissants moteurs électriques alimentés par des batteries au lithium ne faisaient quasiment pas de bruit. Le trajet dura un peu plus d'une trentaine de minutes. Les trois Zodiacs allèrent s'échouer l'un après l'autre au fond d'une minuscule crique en pente douce, située à un kilomètre d'un petit port abrité des brusques colères de la Méditerranée par une digue en ciment. Sur la grève, seules quelques barques de pêcheurs gisaient, abandonnées, couchées sur le flanc. Avec le blocus, rares étaient ceux qui s'aventuraient encore en mer. Sans échanger une parole, simplement quelques gestes précis, le commando se déploya. Trois hommes vinrent prendre position en haut des dunes pour protéger le futur repli de l'opération. En quelques secondes, ils disparurent, avalés par le sable. Invisibles. À 2 h 52, le reste du commando traversa en courant la route goudronnée qui longeait le rivage dans cette partie de la bande de Gaza. L'objectif était situé à deux kilomètres à peine, dans une maison isolée du quartier de Sheih Radwan. Kiefer entendait son cœur battre au rythme de ses foulées. Il se sentait bien. Concentré. Il serra son fusil d'assaut contre sa poitrine et reprit sa progression.

2.

Samedi 21 juillet, 22 h 30.
Korte Leidsedwarstraat, Amsterdam (Pays-Bas).

Les deux jeunes femmes éclatèrent de rire presque en même temps. L'effet de l'herbe commençait déjà à se faire sentir, les rendant joyeuses et un peu vaporeuses. Kristina saisit son téléphone portable et prit une photo de son amie. Elle retourna l'appareil pour la lui montrer. Elles pouffèrent à nouveau. Sur l'écran miniature, Janna tenait le joint entre le pouce et l'index à quelques centimètres de ses lèvres et soufflait un épais voile de fumée derrière lequel elle disparaissait à moitié. Dans l'arrière-salle du coffee-shop, personne ne faisait vraiment attention à leur manège. À Amsterdam, la vente réglementée de marijuana et de résine de cannabis faisait complètement partie du décor. Pour le moment, puisque le gouvernement des Pays-Bas s'apprêtait à durcir sa législation pour ce qui concernait les étrangers. La fumette était même l'une des raisons principales – avec l'excuse de la visite du musée Van Gogh et du Rijksmuseum – pour laquelle des touristes venus de toute l'Europe affluaient dans la capitale des Pays-Bas. Kristina et Janna, toutes deux néerlandaises, n'étaient pas des habituées de ce coffee-shop situé en sous-sol en plein centre-ville, mais elles s'y rendaient de temps à autre pour démarrer une soirée en douceur en écoutant les rythmes syncopés de Massive Attack et de Bob Marley dans les vapeurs odorantes de la ganja. Elles s'étaient décidées à venir la veille, après avoir acheté des tickets pour *The Sand*, une discothèque éphémère installée à dix minutes de la gare centrale au beau milieu d'un parc industriel. La boîte, un immense hangar climatisé, pouvait contenir jusqu'à cinq mille personnes. Ce samedi soir, la guest-star attendue avait pour nom Bob Sinclar. Un DJ français mondialement connu, réputé mettre le feu sur le *dance-floor* en deux temps, trois mouvements. La dernière fois qu'il s'était produit à Amsterdam, au mois de février, ce roi des platines ultra-looké avec sa longue chevelure brune et sa mini-barbiche de Méphistophélès était monté sur scène entouré d'une demi-douzaine de créatures en strings et corsets sexy agitant des éventails de couleur pourpre. Kristina et Janna avaient visionné les vidéos de la soirée sur le site de YouTube. Ce qui les avait décidées, ce n'étaient pas les effeuilleuses dénudées mais la promesse d'avoir du bon son et de pouvoir danser jusqu'à l'aube. Jusqu'à l'épuisement. Même s'il était devenu une sorte de mercenaire de la nuit, payé jusqu'à 40 000 euros pour assurer deux heures aux platines, Bob Sinclar avait toujours la réputation de laisser son public exsangue. Les deux amies voulaient voir. Ou plutôt entendre… Originaire de l'île néerlandaise de Saba dans les Caraïbes, Janna était une grande métisse aux longs cheveux noirs et lisses, à la peau caramel, au petit nez épaté et aux yeux vert clair. Comme deux éclats de jade. Un héritage qu'elle devait sans doute à un lointain ancêtre, pirate irlandais de passage sur Saba au XVIIe siècle dont il se disait dans la tradition familiale qu'il était tombé éperdument amoureux d'une belle esclave de l'île. À vingt et un ans, toujours souriante, la jeune fille travaillait pendant les trois mois d'été dans une boutique de fringues branchée du centre-ville d'Amsterdam où sa grâce naturelle et sa superbe plastique attiraient les clients. Hommes et femmes. Un rôle de ravissante idiote qu'elle se plaisait à composer. Le reste de l'année, Janna étudiait le droit pour devenir avocate d'affaires spécialisée dans le transport maritime. Elle tira de nouveau une latte sur le joint, puis tendit la main vers son amie. Elle lui caressa tendrement les cheveux.

— J'adore ta nouvelle couleur, glissa-t-elle. Elle te fait trop ressembler à Lindsay Lohan. Si j'étais un mec, je t'embrasserais là, tout de suite.

— Et qu'est-ce qui te retient ? pouffa Kristina.

D'un coup, la métisse se pencha par-dessus la table. Ses lèvres vinrent se coller à celles de son amie. Les deux jeunes femmes échangèrent un long baiser sensuel. Après un moment, Kristina *y* mit fin en repoussant Janna. Doucement, mais fermement. Plus petite que son amie, elle ne mesurait qu'un mètre soixante-dix, mais sa fine silhouette aux jolies courbes, son énergie laissaient rarement indifférent son entourage masculin immédiat. Elle adorait ça ! La lueur d'excitation des hommes lorsqu'elle croisait leur regard de loups.

— Bon, il faut vraiment qu'on se trouve des mecs ce soir, dit-elle avec un sourire coquin à Janna. Sinon, ça va dégénérer…

3.

Dimanche 22 juillet, 1 h 30 du matin.
Altea, aux environs de Benidorm (Espagne).

Soudain, Katie se courba en deux. Elle traversa la rue déserte en courant, son appareil photo en bandoulière. Dans la nuit, elle était une ombre parmi les ombres. Les semelles de ses chaussures de sport ne faisaient quasiment aucun bruit sur le bitume encore tiède après une journée de canicule. Elle s'arrêta près d'une voiture en stationnement et s'accroupit pour examiner les alentours. Tout paraissait calme. Elle se retourna afin de vérifier si Nathalie ne l'avait pas suivie, mais la journaliste n'avait pas voulu prendre de risque. Tant mieux. Katie préférait être libre de ses mouvements pour ce qu'elle s'apprêtait à faire. Elle repéra la silhouette de la reporter de *Paris Flash* ou plutôt devina ses contours. Elle était assise à l'avant de leur véhicule de location. Celui-ci était garé à une cinquantaine de mètres en amont dans un virage bordé de végétation et de petits arbustes alors que la route du lotissement remontait brusquement vers les hauteurs de la Sierra Cortina.

Les deux femmes s'étaient à dessein postées à cet endroit, légèrement en retrait, guettant les faits et gestes de la police espagnole autour de la villa où le corps du tueur présumé avait été découvert. Elles étaient tombées sur la maison un peu par hasard, en tournant dans l'immense lotissement dans lequel les touristes venaient en villégiature pendant les deux mois d'été. À leur arrivée, plusieurs ambulances étaient garées dans la rue. Au volant maintenant, Nathalie avait préféré éviter de se faire remarquer. Elle avait rejoint leur poste d'observation actuel en passant par une route contournant les belles villas entourées de jardins verdoyants construites sur les pentes escarpées de la montagne. Un temps, les deux envoyées spéciales de *Paris Flash* s'étaient mêlées à la vingtaine de journalistes déjà présents devant la maison pour essayer de glaner des renseignements auprès de leurs confrères. Sans grand succès. Ni Katie ni Nathalie ne parlaient espagnol. Étrangères, l'Américaine et la Française étaient considérées comme deux intruses, presque des pestiférées. Elles n'avaient pas insisté, laissant les envoyés spéciaux des chaînes télé flanqués de leur cameraman parader, faire et refaire leur direct pour les flashs des journaux d'information, tandis que les journalistes de presse écrite compensaient en envoyant régulièrement des messages de cent quarante signes sur le réseau Twitter. Le buzz commençait à monter. Curieusement, il n'y avait aucun badaud. Comme si les vacanciers logeant dans les luxueuses villas blanc et ocre aux alentours n'étaient pas au courant du drame qui venait de se dérouler. Peut-être étaient-ils encore à la plage pour profiter des derniers rayons du soleil pendant que les enfants jouaient et s'éclaboussaient dans de grands éclats de rire ? Avec l'un de ses appareils, Katie avait consciencieusement mitraillé la façade sans se faire trop d'illusions sur l'intérêt de ces photos. Ensuite, elle avait battu en retraite. Nathalie, quant à elle, avait tenté sa chance. Elle s'était approchée d'un des policiers en faction en exhibant sa carte de presse. Aussitôt, elle avait été rembarrée. Le prestige et la réputation du magazine *Paris Flash* n'avaient, semble-t-il, pas dépassé la frontière franco-espagnole. Sans guère s'en émouvoir, la journaliste avait sorti un feutre noir et un carnet à spirale pour prendre quelques notes rapides afin de retranscrire plus tard l'atmosphère dans son article, puis elle avait rejoint Katie qui l'attendait dans la voiture. Les deux femmes avaient continué à scruter la villa. Elles avaient patienté en écoutant des morceaux de musique classique que diffusait en continu une station de radio locale. Vers 22 heures, plusieurs hommes en tenue de protection blanche de la police scientifique avaient quitté la maison avec leur matériel, provoquant un petit mouvement de foule de la part des journalistes massés devant le portail de la propriété. Katie n'avait pas bougé et avait photographié à l'aide d'un zoom. Quand le premier corps avait été évacué sur une civière, recouvert d'une housse grise, elle était sortie du véhicule de location. L'Américaine avait réussi malgré la pénombre à faire quelques bons clichés en se juchant sur le muret d'une maison attenante. Une partie des journalistes présents avait poursuivi l'ambulance. Patientes, elles avaient attendu. Un peu avant 23 heures, un deuxième cadavre avait été déplacé de la même façon. Cette fois, Katie était trop loin et la nuit déjà trop installée pour qu'elle parvienne à capter correctement l'événement. Mais cela signifiait une chose. Si l'un des deux corps était celui du tueur, l'autre devait être celui de la rousse décapitée dont on avait retrouvé la tête entre les mains de la touriste néerlandaise. Il y avait de fortes chances que la scène de crime se situe dans la villa. Les derniers journalistes espagnols présents avaient suivi la seconde ambulance. Une heure plus tard, les lumières de la maison s'étaient éteintes les unes après les autres. À leur tour, les policiers étaient partis. En apparence. Au bout d'une demi-heure, Katie avait repéré parmi les véhicules une voiture garée de l'autre côté de la rue. Un des hommes restés en surveillance avait allumé une cigarette. La bêtise était humaine. Et l'ennui fatal.

— Qu'est-ce que tu fais ? avait murmuré Nathalie quand Katie s'était glissée un peu après minuit à l'arrière de la voiture.

— Je sors.

— Oui, mais pour quoi faire ?

— Je vais essayer d'entrer dans la maison.

— Mais, Katie, t'es cinglée ? Si on nous chope…

— T'inquiète ! Je dirai que je travaille comme photographe free-lance. Toi, tu restes dans la voiture. Si tu vois que les flics m'ont repérée, tu dégages ! Je me débrouillerai.

Sans attendre l'assentiment de Nathalie, Katie s'était glissée dans la nuit par la porte arrière côté conducteur pour éviter d'être aperçue de la rue. Elle savait qu'elle prenait un gros risque, mais quelque chose, une intuition ou l'instinct du chasseur, la poussait absolument à entrer dans cette maison. Il fallait qu'elle y aille. Il fallait qu'elle voie, qu'elle sente ce qui s'y était passé. Pour Marc. Pour Jillian. Et parce que cela l'excitait.

Protégée par les voitures, Katie se faufila dans le vaste jardin à travers la végétation après avoir escaladé un muret. La villa était construite sur un terrain en pente à flanc de colline. Elle la contourna en restant dans l'ombre. À l'arrière, l'eau bleutée d'une piscine entourée de dalles roses scintillait. Plus loin en contrebas, à quelques kilomètres, Katie aperçut les lumières de Benidorm puis, encore au-delà, la masse noire de la Méditerranée, que transperçaient des éclats de lune. L'air était tiède. On n'entendait pas un bruit. Juste une vague rumeur venue de la côte, le brouhaha étouffé des discothèques et des bars. Elle s'accroupit un instant pour examiner la bâtisse. Celle-ci était construite sur trois étages, toutefois on n'en devinait que deux depuis la rue en raison du terrain surélevé et du jardin qui camouflait la pente douce. Katie chercha une ouverture au rez-de-chaussée. Il y avait quatre fenêtres, toutes trop petites pour la laisser passer même en brisant les vitres, et un garage dont la porte devait être cadenassée. Katie jura en silence. Elle examina le premier étage ceinturé par une longue terrasse à arcades. C'était une solution. Mais pour y accéder, il fallait revenir devant la maison, au risque de se faire repérer par les policiers dans la rue. Son attention se reporta sur le rez-de-chaussée, son regard glissa sur les fenêtres et s'arrêta de nouveau sur le garage. Après tout, qui ne tente rien n'a rien. Katie se faufila en silence jusqu'au portail métallique. Elle essaya de l'ouvrir en appuyant sur la poignée. Il résista. Katie insista. Toujours rien. Elle tenta dans l'autre sens, en tirant vers le haut. Il y eut un déclic. Lentement, elle souleva la porte, priant pour que les gonds métalliques soient huilés et ne la trahissent pas. Le garage s'entrouvrit. Katie avait juste l'espace pour s'y glisser en roulant sur le ventre. Elle s'allongea sur le ciment tiède, prête à se faufiler.

Chapitre 12

« ... Just as every cop is a criminal
And all the sinners saints
As heads is tails
Just call me Lucifer... »

« ... De même que tout flic est un bandit
Tous les pécheurs sont des saints
Que pile et face se valent
Appelez-moi simplement Lucifer... »

Sympathy For The Devil – The Rolling Stones

News... News... News...

Un Français appartenant à Al-Qaïda arrêté au Pakistan – Israël et les États-Unis accusés d'avoir développé le virus Flame – Une association américaine affirme que Lady Gaga encourage les adolescents à devenir homosexuels – Sécurité routière : 14 vies sauvées à Paris et en proche banlieue – Valérie Trierweiler a effacé tous les messages qu'elle a postés sur Twitter.

1.

Dimanche 22 juillet, 2 h du matin.
Altea, aux environs de Benidorm (Espagne).

Une odeur de sang putréfié la saisit d'un coup. Katie retint un haut-le-cœur et se pinça le nez afin de ne respirer que par la bouche. De l'autre main, elle fouilla dans sa poche et sortit son téléphone portable. Elle se servit de l'écran pour s'éclairer a minima et examiner les lieux. À part quelques outils de jardinage et un étendoir pour le linge, le garage était vide. Rapidement, elle fit le tour des autres pièces. À cet étage, en plus du vaste garage qui pouvait contenir deux voitures garées côte à côte, il y avait deux petites chambres, dont l'une flanquée d'une mini-salle de bains avec un bac à douche, et un débarras rempli de gravier et d'outils de jardinage. Une fois accoutumée à l'odeur, Katie continua son exploration. Près de l'escalier qui menait aux étages supérieurs, une épaisse porte en bois renforcée de bardeaux de métal sombre apparut dans la lueur bleutée de sa lampe-torche improvisée. Avec précaution, la jeune femme appuya sur la poignée. Elle s'y accrocha pour ne pas basculer en avant. Le parfum de la mort, un mélange acide de sang et de sueur, s'était fait nettement plus puissant, l'enveloppant dans un cocon nauséabond. Cette fois, elle faillit vomir. Elle ravala sa salive et brandit le téléphone, qui éclaira faiblement la volée de marches en béton gris allant au sous-sol. Son cœur battait la chamade. « Allez, reprends-toi ! » s'adjura-t-elle. Prudemment, elle descendit. Un pas après l'autre, en s'appuyant d'une main contre la paroi rêche. Le contact la rassurait. Soudain, son téléphone se mit à vibrer. La photographe sursauta et manqua le lâcher. Sur l'écran, un texto s'afficha : « Tout va bien ? ». C'était Nathalie qui s'inquiétait. Katie tapa rapidement « OK » accompagné d'un smiley « ;-) » et envoya le message. Puis elle reprit sa progression. Sur sa nuque, sur ses bras, tous ses poils s'étaient dressés à son insu. Qu'est-ce qui l'attendait dans ce sous-sol ? Pourquoi s'était-elle obstinée à venir seule jusque-là ? Katie sentit l'appréhension nouer son ventre au fur et à mesure de sa descente. « *Come on, girl !* » murmura-t-elle entre ses dents pour s'encourager. Il était trop tard pour revenir en arrière. Arrivée en bas des marches, à tâtons, Katie trouva un interrupteur. Elle appuya. La grande pièce, une sorte de cave sans fenêtre, s'inonda d'une lumière blanchâtre grâce à deux rangées de néons grésillants. Deux crochets de métal étaient fixés au plafond. Des chaînes et des cordes maculées de traînées sombres y pendaient encore. Dessous, deux crocs recourbés identiques pointaient depuis le sol en ciment. Sur le côté gauche, une croix de bois en forme de X, barrée par une large traverse verticale aussi haute qu'un homme, était solidement arrimée au mur de parpaings. Des liens en cuir marquaient l'emplacement des chevilles, des poignets et du cou. Katie retint sa respiration.

Le Diable. Le Diable avait laissé sa puanteur imprégner cet endroit, comme un avant-goût des enfers. Katie sentait les relents d'une terreur indicible flotter encore dans ce sous-sol sordide. Alors que, le souffle court, elle passait lentement la pièce en revue, les yeux écarquillés, un détail accrocha son regard. En face de la croix, la quasi-totalité du mur était recouverte d'une fresque aux couleurs usées par le temps, sans doute tracée par les premiers occupants de la maison. Elle représentait toute une famille de personnages Barbapapa avec leurs contours arrondis, teintés de rose, de rouge, de violet et de bleu. En été, lorsque les températures devenaient caniculaires, cette pièce plus fraîche que le reste de la maison avait dû être utilisée par les précédents locataires comme salle de jeux pour les enfants. Katie songea à la jeune femme qu'on avait torturée ici et qui s'était éteinte avec cette ultime vision. Elle frissonna. Et sursauta aussitôt en entendant un bruit sourd en provenance du garage. Un outil qui venait de chuter ? Affolée, elle chercha dans la pièce un objet, n'importe quoi qu'elle aurait pu transformer en arme improvisée.

— Katie… Katie, souffla une voix à l'étage.

— Nathalie, je suis en bas, répondit la photographe soulagée en haussant le ton. Descends !

La journaliste la rejoignit. Sur le seuil, elle s'arrêta net, les yeux ronds, la bouche bée. Effarée. Elle resta quelques secondes sans bouger, comme si le temps allait lui permettre de mieux assimiler ce qu'elle découvrait. Elle cligna des yeux. Une fois. Deux. Peut-être espérait-elle que tout s'effacerait. Mais non. La pièce était bien réelle. Quelqu'un avait souffert ici avant de mourir en suppliant son tourmenteur de l'achever. Nathalie interrogea Katie du regard. La photographe ne répondit rien. À quoi bon ? Elle se contenta d'enlever le cache qui obturait l'objectif de son appareil. Les mots n'avaient plus de sens à cet instant. Méthodique, Katie se mit à photographier chaque mètre carré du sous-sol, cadrant la croix, les chaînes, les crochets de métal, les taches de sang sur le sol, la fresque aux couleurs passées. Cette tâche l'occupa une quinzaine de minutes. Nathalie était sortie de sa catalepsie. Accroupie dans un coin, calepin en main, elle prenait frénétiquement des notes. Quand Katie eut fini sa besogne, elle murmura à l'adresse de la reporter :

— Allez, on monte. Maintenant qu'on est là, il faut qu'on se fasse toute la maison. Il reste le premier et le deuxième étage. Tu t'en sens capable ?

— Oui, répondit Nathalie avec fermeté. Il faut que quelqu'un témoigne de l'horreur qui s'est déroulée ici. Nous sommes là pour ça.

2.

Dimanche 22 juillet, 8 h du matin.
Bang Saphan (Thaïlande).

Marc s'éveilla d'un coup, saisi d'un mauvais pressentiment. Il se redressa et examina la chambre d'hôtel où ils avaient passé la nuit. Les draps du lit de Kiefer étaient défaits, mais l'ancien commando n'était nulle part. Marc écouta avec attention. Il n'y avait aucun bruit. Comme si tout s'était tu, figé dans un silence étrange. C'est cette absence de sons qui l'avait tiré du sommeil. Dans un coin de son cerveau, un signal d'alerte s'était allumé. Une sensation semblable à ce qu'il avait pu éprouver avant un bombardement imminent lorsqu'il partait en reportage dans une zone de combats. Où était passé Kiefer ? Avec précaution, le journaliste s'assit sur le bord du lit et chercha des yeux ses vêtements. Il grimaça. Une crampe à l'estomac, suivie d'un spasme de stress douloureux, lui donna envie de vomir. Il se retint et ravala sa salive. Ce n'était pas le moment. Vite : enfiler son jean et son T-shirt. À l'odeur, il fallait qu'il en change. Marc était à genoux en train de récupérer ses chaussures lorsque la porte de la chambre s'entrouvrit. Tel un léger souffle, Kiefer se glissa dans l'interstice. Un doigt sur la bouche. Marc fit aussitôt signe qu'il avait compris.

— Prends tes affaires, n'oublie pas l'argent, chuchota l'homme des forces spéciales. Il faut qu'on file tout de suite. On nous attend.

— Qui ça, « on » ? Les flics ?

— Les flics si tu veux… Les hommes du commandant Chatchaï, plutôt.

— Combien sont-ils ?

— Au moins six. Magne-toi, si l'on veut avoir une chance de rester en vie, c'est maintenant. J'étais dans le hall quand ils ont débarqué. Ils ne connaissent pas encore le numéro de notre chambre

— Six ! Kiefer, nous n'avons aucune chance de nous en tirer. Ce sont des policiers.

— Tu n'as pas encore compris ? Marc, ils sont là pour nous éliminer.

— Mais putain, ce sont des flics !

— À ton avis, pourquoi aucun avis de recherche avec nos gueules n'est encore passé sur les télévisions thaïlandaises depuis hier matin ? Pourquoi n'y avait-il aucun barrage sur la route ?

Marc resta muet. Kiefer avait raison. Hier soir, alors qu'il zappait entre les trois principales chaînes thaïlandaises puis BBC Asia, l'absence pendant le bulletin d'actualité d'un sujet évoquant les policiers percutés sur le Chao Praya l'avait intrigué. Presque effrayé. Ils avaient mis le doigt dans une affaire qui les dépassait. Pour le moment, la seule chose à faire était de fuir. Loin. Aussi vite que possible.

— Comment ont-ils su que nous étions là ? demanda Marc. Le chauffeur de taxi ?

— Sûrement, répondit Kiefer. Ou un indic à la réception de l'hôtel. Chatchaï a dû faire fonctionner le téléphone arabe pour nous dénicher.

— Qu'est-ce qu'on fait maintenant ?

— Attends-moi là, intima Kiefer. On va essayer de filer en douce.

Il avait sorti le revolver récupéré la veille sur les quais de Thonburi. Il se glissa dehors. Les nerfs en alerte, Marc se plaqua derrière la porte. L'Israélien réapparut au bout de deux minutes.

— C'est trop tard ! Je les ai entendus. Ils sont déjà dans les escaliers. Il y en au moins trois qui arrivent par celui de droite. Les trois autres ont dû prendre celui de gauche.

L'hôtel, un trois étoiles standard sur cinq étages, était construit selon le plan habituel des résidences destinées aux touristes venus profiter des plages thaïlandaises. Un faux toit en tuile imitant celui des temples bouddhistes coiffait le hall d'entrée. Chacune de ses quatre extrémités se prolongeait par une tête de dragon grimaçante et colorée. Le bâtiment s'ouvrait à l'arrière sur une première piscine à l'eau turquoise, puis une plate-forme couverte de végétation luxuriante sur laquelle s'alignaient des dizaines de chaises longues. L'ensemble était ceinturé d'une sorte de large canal dans laquelle pulsait un lent courant qui diffusait l'eau toujours dans le même sens. Les vacanciers – des Russes, des Australiens, des Japonais – venaient s'y tremper aux heures de forte chaleur tout en sirotant des cocktails commandés dans un bar à demi immergé. Toutes les chambres possédaient un balcon qui donnait sur cet espace clos et protégé. Sur les autres façades, des galeries ouvertes bordées de rambardes en bois ouvragé couraient de chaque côté des quatre bâtiments de l'hôtel. Ceux-ci formaient ainsi un vaste rectangle. Ces péristyles permettaient d'accéder aux chambres tout en profitant d'une jolie vue sur la ville et, au-delà, sur les eaux calmes du golfe de Thaïlande. L'unique inconvénient de ce genre de construction était les intempéries. Lorsque la mousson arrivait, la pluie poussée par le vent violent transperçait les rambardes, inondait les galeries, transformant l'hôtel en navire affrontant la tempête. Mais les touristes se risquaient rarement à venir en vacances à cette saison.

Le regard de Kiefer s'arrêta sur la porte-fenêtre coulissante qui fermait leur balcon. Ils dormaient au quatrième étage du bâtiment, et c'était la seule autre issue envisageable à moins de tenter un passage en force par les péristyles. Mais, avec une arme à feu contre six, l'Israélien savait que son entraînement de commando ne suffirait pas : leurs chances de s'en tirer paraissaient plus que minces. Voire inexistantes. À moins d'un miracle. Mais Kiefer avait cessé de croire aux interventions divines depuis bien longtemps. Il glissa le revolver à l'arrière de son pantalon, sous sa chemise, et fit signe à Marc de le suivre sur le balcon.

Dehors, l'ancien soldat examina avec soin les alentours, puis les étages inférieurs. Personne en vue, ni autour de la piscine ni dans le canal. Kiefer hocha la tête, et dit :

— On n'a pas le choix. On descend par là. C'est notre seule chance de les surprendre. Je passe devant.

Il enjamba la rambarde, se retourna pour prendre appui d'une main sur le mur qui les séparait de l'autre chambre au même étage, et se saisit de l'autre d'un des barreaux. Il s'accroupit, et se laissa ensuite glisser vers la chambre du dessous tout en s'agrippant fermement à la rambarde. Il se balança dans le vide une seconde, se propulsa d'un coup de reins vers l'avant, et se lâcha au dernier moment à l'intérieur du balcon où il se reçut avec souplesse. Kiefer recommença l'opération une seconde fois. Au deuxième étage, il se retourna et fit signe à Marc de le rejoindre.

Moins entraîné, Marc mit quelques secondes de plus, mais fut surpris de la relative facilité de la manœuvre. Soudain, il distingua le fracas d'une fenêtre brisée avant d'atterrir à son tour sur le balcon. Le bruit lui parut assourdissant dans le silence. Avec une chaise qui traînait, Kiefer avait cassé une des vitres de la porte-fenêtre pour entrer dans la chambre vide. Marc espéra que les hommes lancés à leurs trousses n'avaient rien entendu. De toute façon, il était trop tard. L'Israélien était déjà derrière la porte, le revolver à la main. Avec précaution, il l'entrouvrit et se glissa par l'ouverture. Marc le suivit.

3.

Dimanche 22 juillet, 3 h du matin.
Amsterdam (Pays-Bas).

Janna ouvrit les yeux et les referma aussitôt, aveuglée par la lumière braquée à moins d'un mètre de son visage. D'avoir fumé trop d'herbe, elle gardait dans la gorge un goût de vieux pneu. Elle tenta de déglutir pour faire passer la désagréable sensation mais quelque chose lui obstruait la bouche, lui écartant largement les mâchoires. Ce n'était pas douloureux, mais extrêmement gênant. Les paupières toujours plissées, elle darda sa langue contre l'obstacle. Surprise, elle le découvrit lisse et rond. Une balle de caoutchouc. Elle voulut crier, mais manqua de s'étouffer. Aucun son ne pouvait sortir de sa gorge. On l'avait bâillonnée. Qui ? Kristina ?

Janna entendit gémir à quelques mètres devant elle. Puis un bruit de pas se rapprocher, suivi du raclement d'un objet que l'on déplace. La lumière s'éloigna.

— Enfin, s'exclama une voix masculine qu'elle ne reconnut pas tout de suite. Tu te réveilles… Le spectacle va pouvoir commencer.

La femme ouvrit grands les yeux. Un homme plutôt jeune, en T-shirt sombre barré d'une tête de mort en strass, se tenait sur sa droite. Il l'observait posément. Son visage lui disait quelque chose, mais son cerveau peinait à retrouver l'information. Plus loin, un mouvement suivi d'une nouvelle plainte détourna son attention. Janna sentit un frisson glacé lui parcourir la nuque pendant que son sang se figeait dans ses veines.

Son amie Kristina lui faisait face. Elle était nue, les bras et les jambes écartés sur une immense croix en forme de X. Étirés vers le plafond, ses poignets étaient cisaillés par de fines attaches en cuir, tandis que ses pieds reposaient bien à plat sur le sol. Ils étaient maintenus par des liens semblables aux chevilles. Sa longue chevelure rousse, presque rouge, lui tombait de chaque côté du visage et dégoulinait jusqu'à la naissance de sa poitrine. Janna croisa le regard de

Kristina qui se mit à hurler de façon hystérique. Mais son cri parut s'étouffer contre les parois capitonnées de la pièce. Affolée, Janna chercha une issue et tenta de bouger. Sans résultat. Elle aussi était nue et attachée. L'homme. Qui était cet homme ? Et soudain, elle se souvint de tout.

Il les avait abordées avec un large sourire dans la foule alors qu'elles dansaient comme deux folles près de la cabine du DJ. Le mec était mignon, bien bâti et son T-shirt à tête de mort grimaçante les avait amusées. Il avait une table réservée un peu à l'écart, dans le coin V.I.P., avec une bouteille de champagne déjà prête dans son seau de glaçons. Janna et Kristina avaient échangé un regard complice. Elles l'avaient trouvé entreprenant mais sympathique. Il leur avait raconté qu'il arrivait d'Asie, où il avait passé une année à travailler comme moniteur de plongée. Janna se souvint du nom qu'il leur avait donné : Matthew. Et sa nationalité : anglaise. Une demi-heure plus tard, la jolie rousse complètement désinhibée par l'alcool et les joints fumés en début de soirée l'embrassait à pleine bouche. Janna avait trouvé au champagne un léger goût salé, mais le sentiment d'euphorie qui l'avait rapidement gagnée avait tout balayé. Elle se souvint qu'elle aussi l'avait embrassée.

Il y eut un nouveau bruit, comme celui de tiges d'aluminium raclant le sol. Janna ouvrit de nouveau les yeux. L'homme installait une caméra vidéo sur un trépied. L'objectif était braqué droit sur son visage comme s'il voulait le cadrer plein écran. Il vérifia l'image obtenue et lui sourit.

— J'espère que le spectacle te plaira, lui murmura-t-il en anglais.

Janna ne comprenait pas ce qu'il venait de lui dire. Elle tenta de le suivre du regard, mais il avait disparu derrière elle. Quand il réapparut, il poussait une desserte métallique sur laquelle des instruments étaient soigneusement disposés. Il s'arrêta à moins de deux mètres de Kristina. C'est lorsqu'il brancha la perceuse électrique, faisant rugir à dessein le moteur, que Janna réalisa enfin : Kristina allait mourir sous ses yeux. Elle hurla à s'en faire péter la gorge. À s'en étrangler.

À Berlin, à Moscou, la même scène se jouait avec des protagonistes différents. Comme un rituel sauvage. Une infection qui se répandait à travers l'Europe.

Chapitre 13

« ... Cause I'm in need of some restraint
So if you meet me
Have some courtesy
Have some sympathy, and some taste... »

« ... Car j'ai besoin d'éprouver mes limites
Alors si on se croise
Faites preuve de courtoisie
De sympathie et de goût... »

Sympathy For The Devil – The Rolling Stones

News... News... News...

Israël : le Hamas accepte une trêve après une flambée de violence – Au Canada, Luka Rocco Magnotta plaide non coupable – Deux touristes québécoises retrouvées mortes dans leur chambre d'hôtel sur l'île de Kho Phi-Phi – L'Anglais Bradley Wiggins remporte le Tour de France – Festival de Bayreuth : un chanteur d'opéra russe annule sa venue à cause de son tatouage nazi.

1.

Dimanche 22 juillet, 8 h 10 du matin.
Bang Saphan (Thaïlande).

Ils surgirent de l'escalier au moment même où Marc passait la porte de la chambre et entrait dans la galerie. Ils étaient à dix mètres. Le journaliste devina la surprise du premier assaillant au brusque mouvement de recul qui le fit vaciller. Les hommes du commandant Chatchaï avaient dû s'imaginer pouvoir les surprendre dans leur chambre d'hôtel au quatrième étage. Le policier était en civil, vêtu d'un pantalon de toile beige et d'une chemisette orange. Il esquissa un geste pour lever l'arme qu'il serrait dans la main droite, mais Kiefer avait déjà tiré. Une seule balle. Il le toucha à la gorge. Le sang jaillit aussitôt, éclaboussant les murs laiteux de la cage d'escalier d'un liquide écarlate. Le Thaï bascula en arrière, entravant les mouvements des deux complices qui le suivaient de près. Kiefer continuait d'avancer, tenant son revolver à bout de bras, la main gauche enroulée autour de son poignet droit pour assurer la stabilité de son tir. Il fit feu à nouveau et blessa à l'épaule le deuxième policier. Celui-ci recula sous l'impact. La troisième balle s'enfonça en pleine poitrine. Il tomba à son tour. Kiefer avait déjà atteint l'escalier. Marc le vit disparaître et enregistra deux nouvelles détonations, suivies d'un bref cri de douleur. Quand l'Israélien réapparut, il s'était écoulé moins d'une minute. Stupéfait, Marc le vit braquer son arme dans sa direction. Il l'entendit hurler :

— À terre !

Il obéit sans réfléchir. Recroquevillé, le visage plaqué contre le sol, Marc entendit quatre déflagrations. Une proche et trois plus lointaines. Derrière lui, il entendit le son mou, mat et écœurant de plusieurs corps qui s'effondraient. Il resta allongé, ne sachant que faire, redoutant la douleur du prochain impact de balle qui devait le transpercer. Kiefer était-il mort ? Mais rien ne se passa. Il distingua juste un bruit de percussions évoquant le rythme effréné d'un morceau de techno – BOOM-BOOM-BOOM – avant de réaliser que c'étaient les battements de son cœur affolé, qui tambourinait dans sa poitrine. Enfin, il entendit le choc d'un objet en métal heurtant le béton suivi de la voix redevenue calme de Kiefer. Doucement, il dit à Marc :

— Tu peux te relever. Ils sont tous morts. Mais je te déconseille les gestes brusques. Nous avons de nouveaux invités-surprises à notre petite fiesta matinale…

2.

Dimanche 22 juillet, 2 h 10 du matin.
Altea, aux environs de Benidorm (Espagne).

C'est Nathalie qui découvrit l'inscription. Elle était dessinée en majuscules sanglantes sur le mur en crépi blanc de la salle de bain du premier étage. Plus tard, la journaliste réalisa qu'elles avaient été tracées à la main, sans doute avec deux doigts qui formaient l'équivalent d'un sinistre pinceau. Là, dans la lueur bleutée de son téléphone portable, l'épitaphe luisait comme un message envoyé tout droit de l'Enfer. Elle sortit à reculons de la pièce et appela Katie. Sa voix tremblait.

La journaliste et la photographe savaient maintenant que la police espagnole avait fait les constatations d'usage et évacué les corps, elles ne seraient donc pas dérangées avant plusieurs heures à condition d'être discrètes. Mais leur présence dans la maison pouvait être découverte à tout moment si les hommes laissés en faction de l'autre côté de la rue repéraient la moindre lumière ou un bruit suspect. Elles ne risquaient pas grand-chose de la part de la police, mais la direction de *Paris Flash* n'apprécierait guère – du moins officiellement – le scandale que provoquerait l'arrestation de deux de ses envoyés spéciaux sur une scène de crime. Pour le reste, tant qu'elles ne se faisaient pas prendre, tous les moyens étaient bons pour décrocher un scoop et se distinguer. Nathalie Garnier, qui travaillait sur des faits-divers depuis des années, avait intégré cette loi non écrite et rarement admise sauf entre « initiés ». C'est même ainsi qu'elle s'était fait remarquer à l'issue de son école de journalisme, lors d'un stage à la rédaction du *news magazine*. Après avoir envoyé un dossier sur les conseils d'un de ses professeurs, elle avait atterri un peu par hasard à la direction des ressources humaines du groupe de presse auquel appartenait *Paris Flash*. Pendant l'entretien d'évaluation, elle avait mentionné qu'elle lisait régulièrement ce magazine. La responsable des stages l'y avait placée pour trois mois. À l'époque – c'était à l'automne 1994 – la dérangeante affaire Rey-Maupin faisait la une de toute la presse française et intriguait les journaux étrangers jusqu'aux États-Unis. Deux jeunes gens se disant proches des mouvements anarchistes et rêvant d'un nouveau mai 68, Audry Maupin, un étudiant en philosophie de 22 ans, et Florence Rey, une étudiante en lettres de 19 ans, avaient attaqué la préfourrière de Pantin dans la banlieue parisienne pour dérober des armes. Ils pensaient neutraliser les policiers de garde avec leurs propres menottes. Mais l'équipée sauvage avait mal tourné. Cinq personnes, dont Audry Maupin, étaient mortes au cours de la nuit. À l'instar d'autres jeunes journalistes stagiaires, Nathalie Garnier avait été mise sur le coup. Autant de petites mains motivées pour grappiller le moindre bout d'information. C'était son chef, Patrick Boudou, qui avait eu l'idée de l'envoyer rôder autour du squat de Nanterre où avait logé le couple. Un minuscule pavillon délabré de deux étages à la façade murée. Elle était passée par l'arrière à travers le jardin couvert d'herbes folles et de broussailles. Dans une des pièces, l'apprentie journaliste avait découvert l'affiche d'un long-métrage de cinéma comme on en voit sous les abribus. Un film d'Oliver Stone qui avait marqué les esprits : *Tueurs-nés*. Le scénario ultra-violent était signé Quentin Tarantino, mais peu de gens le savaient puisque le futur réalisateur de *Inglorious Bastards*, mécontent de l'adaptation, avait demandé à ne pas apparaître au générique. Les rôles principaux avaient été confiés à des acteurs peu connus à l'époque : Woody Harrelson et Juliette Lewis. L'histoire tenait en quelques lignes : Mickey et Mallory, un jeune couple à la dérive, décidait de s'embarquer dans une virée sanglante à travers les États-Unis, tuant au hasard ceux qu'ils rencontraient sur leur route, et les médias s'emparaient de l'affaire, portant aux nues ces deux antihéros de l'Amérique semant la mort dans leur sillage. Après avoir minutieusement repéré l'endroit, Nathalie avait roulé l'affiche, protégée avec deux sacs plastiques mis bout à bout, et l'avait rapportée au journal. À la rédaction, Patrick l'avait d'abord engueulée pour avoir bougé ce qui aurait pu être une preuve pour la police, avant de la féliciter et de la renvoyer aussitôt à Nanterre, accompagnée cette fois par un photographe. La découverte de Nathalie avait fait l'objet d'une double page avec une photo soigneusement légendée dans le magazine. Le poids des mots, mais surtout le choc des photos. C'est ainsi que l'on accrochait le lecteur et que l'on faisait la différence. Nathalie Garnier ne l'avait jamais oublié.

3.

Dimanche 22 juillet, 8 h 12 du matin.
Bang Saphan (Thaïlande).

Avec précaution, Marc se releva. Il jeta un coup d'œil prudent derrière lui pour découvrir les corps de trois des envoyés du commandant Chatchaï gisant dans la galerie. À hauteur d'homme, exactement où se tenaient leurs visages moins de deux minutes plus tôt, les murs étaient maintenant maculés de trois gerbes de sang. De justesse, Marc retint un haut-le-cœur et parvint à ne pas vomir. Il tourna alors son regard dans la direction que fixait Kiefer depuis un moment. L'ancien membre des forces spéciales ressemblait à une statue de sel. Son arme était posée sur le sol, à quelques centimètres de ses chaussures à bout pointu. Il n'avait pas tiré une seule des trois balles mortelles et maintenait ses mains bien en vue sur la rambarde. Là-bas, à moins d'une centaine de mètres, un hôtel semblable au leur, un vaste rectangle de béton ceinturé de coursives protégées par des balcons de bois rouge, s'élevait sur quatre étages. Quelques rangées de palmiers et un mur surmonté d'un grillage servaient de séparation entre les deux immeubles. D'abord, le journaliste ne distingua rien de significatif. Il examina le bâtiment avec plus d'attention, cherchant une anomalie. Après quelques secondes, il discerna enfin un renflement, une silhouette allongée sur la terrasse du toit. Celle-ci restait immobile, dissimulée par une bâche de couleur terne qui se confondait avec le gris sale du revêtement de ciment protégeant le toit de l'hôtel. S'il ne l'avait pas cherché avec autant de soin, Marc ne l'aurait jamais repérée.

— Ils sont trois là-haut, lâcha Kiefer du coin de la bouche.

Lentement, le journaliste parcourut du regard la terrasse du bâtiment. Il ne compta que deux autres bâches.

— Qui sont-ils ? interrogea Marc, sentant encore les battements de son cœur boosté par un mélange de peur et d'adrénaline. Des amis à toi ?

— Des amis ? répondit Kiefer. Je n'en suis pas certain. Mais si nous ne sommes pas morts d'ici quelques secondes, nous devrions le découvrir bientôt.

Soudain, les trois bâches se soulevèrent comme si elles étaient reliées les unes aux autres. Dans un mouvement parfaitement synchronisé, les hommes qui se cachaient dessous se relevèrent. Chacun avait entre les mains un long tube sombre à l'extrémité duquel étaient fixées deux tiges, comme un support métallique recouvert de peinture noire et mate pour éviter les reflets. Trois fusils de précision. Les tireurs d'élite portaient des treillis militaires.

— Tiens, des confrères, murmura Kiefer.

Dimanche 22 juillet, 2 h 15 du matin.
Altea, aux environs de Benidorm (Espagne).

Katie n'avait jamais vraiment eu la foi. Enfant de l'Amérique bien-pensante, elle avait pourtant reçu une éducation religieuse poussée. Le dimanche, elle s'était rendue en famille à l'Église baptiste, au rythme des affectations de son père qui travaillait comme instructeur de sports de combat au sein de l'US Army. Mais dès qu'elle était partie à l'université, la jeune femme avait pris ses distances avec la religion. Les dix années passées à Paris n'avaient rien amélioré de ce côté. Dieu et ses anges… Le Diable et ses avatars. Peu lui importait. La photographe était du genre pragmatique. La vie, c'était maintenant. Tout de suite ! L'au-delà, elle aurait bien le temps de s'en soucier quand elle boufferait les pissenlits par la racine, pour reprendre une citation attribuée à Sartre qu'elle appréciait. Mais ce qu'elle venait de découvrir dans cette maison faisait chanceler toutes ses convictions.

Quand on lui avait annoncé la mort de Jillian l'année précédente, après le dramatique incendie de la discothèque Kudeta à Bali, Katie avait refusé l'évidence et s'était obstinée à chercher sa trace, enquêtant pendant des mois sur les autres victimes de son bourreau, remontant la piste du tueur Teknokiller jusqu'en Australie alors que Marc Torkan semblait de son côté avoir abandonné à tout espoir. En vain. Le corps de la DJette n'avait jamais été identifié, ni celui d'Ulrich Ladik, son assassin présumé. Katie s'était accrochée à un mince espoir. Puis la vie, sa vie, avait repris ses droits. Elle avait été embauchée par *Paris Flash* pour faire ce métier dont elle avait rêvé pendant des années. L'Américaine n'avait pas renoncé. Simplement, elle avait décidé de repartir parcourir le monde afin d'en capter la beauté éphémère et les défauts éternels, tenter aussi de fixer la vérité des hommes, ou plutôt sa vérité. Quelques images authentiques qui paraissaient ponctuellement sur une double page magazine, parfois en couverture. Elles ne changeaient rien, mais témoignaient de son passage parmi les vivants.

La terrible inscription en lettres de sang lui rappelait que Dieu aimait jouer avec le destin des hommes. À moins que ce ne soit le Diable… La salle de bains donnait sur une petite terrasse dallée de briques rouges et lisses, invisible depuis la rue. L'endroit surplombait la piscine aux eaux bleutées qui s'étirait à l'arrière de la maison. Par la baie vitrée dont les volets n'avaient pas été descendus, Katie apercevait au loin les lumières d'Altea et de Benidorm. Elle devinait encore au-delà la masse obscure et mouvante de la Méditerranée. De jour, la vue panoramique devait être magnifique. Pourquoi mourir ici ? Pourquoi tuer ici ? La jeune femme leva son appareil photo et regarda Nathalie. Celle-ci hocha la tête et lui fit signe d'y aller. Il fallait faire vite, mais elles avaient de la chance. Il en fallait toujours un peu dans leur métier. Les flashs resteraient invisibles pour les policiers garés dans la rue.

— Qu'est-ce que tu fais ? chuchota Nathalie, intriguée.

Discrètement, les deux envoyées spéciales avaient rejoint leur voiture de location en repassant comme à l'aller par l'arrière de la maison. La photographe examinait l'écran de son téléphone portable. Avant de quitter la maison, elle avait rangé son boîtier et pris un ultime cliché avec l'appareil photo intégré. La qualité n'était pas terrible, mais ce n'était pas important.

— Je l'envoie à Patrick.

Elle sélectionna l'image, puis le numéro de portable du rédacteur en chef de *Paris Flash*. Elle hésita une seconde puis rajouta celui de Marc Torkan. Le journaliste se trouvait à dix mille kilomètres mais il avait le droit de savoir. Plus qu'aucun autre.

Sur la photo éclairée au flash, douze lettres écarlates se détachaient. Une de plus. Une de trop.

« TEKNOKILLERS »

Cela paraissait impossible, mais c'était bien réel. Le cauchemar ne s'arrêterait donc jamais.

***

Ulrich Ladik était-il donc toujours vivant, comme l'avait pressenti Katie ? Mais pourquoi ce salopard aurait-il marqué son retour sur le devant de la scène en signant un meurtre du nom de « Teknokillers », de surcroît en utilisant le pluriel ? Par le passé, il n'avait jamais revendiqué l'assassinat de ses victimes. Cela signifiait-il qu'il avait recruté d'autres malades de son espèce pour les perpétuer et les assumer ? Ou alors, s'il était bel et bien mort à Bali, Ladik avait-il eu le temps d'engendrer un ou des imitateurs, ainsi que le suggérait cette inscription sanglante ? Dans ce cas, pourquoi celui-ci – ou ceux-ci s'ils étaient plusieurs – avait-il changé de *modus operandi* ? Pourquoi enlever deux femmes ? Pourquoi en filmer une et torturer l'autre ? Pourquoi poster sur le site de *Paris Flash* une vidéo et non pas une musique créée à partir du dernier cri de la victime comme aurait pu le faire le Teknokiller originel ? Le ou les tueurs cherchaient-ils à être vus plutôt qu'entendus ? Et pourquoi le tueur de Benidorm s'était-il donné la mort ?

Pourquoi ? Pourquoi ? POURQUOI ?

Tant de questions se bousculaient dans la tête de Katie et restaient malheureusement sans réponse. Une seule lui importait vraiment : si Ulrich Ladik était encore en vie, y avait-il un espoir même infime que Jillian le soit aussi ?

Katie se mordilla la lèvre. Enfin, la jeune femme se décida. Elle appuya sur la touche « Envoyer ».

Chapitre 14

« ... Use all your well-learned politesse
Or I'll lay your soul to waste, um yeah
Pleased to meet you
Hope you guessed my name, um yeah... »

« ... Utilisez toutes vos bonnes manières
Ou je détruirai votre âme, um yeah
Ravi de vous rencontrer
J'espère que vous avez deviné mon nom,
um yeah... »

Sympathy For The Devil – The Rolling Stones

News... News... News...

Le tueur présumé de Benidorm a été retrouvé mort, sans doute suicidé – À Londres, la sécurité se renforce à quelques jours de l'ouverture des jeux Olympiques – Facebook dévalue sa monnaie virtuelle – Un artiste suédois a reconstitué à l'aquarelle les treize premières minutes de Blade Runner *– En Afghanistan, un nouvel attentat suicide a fait vingt-quatre victimes.*

1.

Dimanche 22 juillet, 14 h 30.
Paris (France).

Le capitaine Thibault Riou raccrocha, la mine soucieuse. À quarante-trois ans, dont douze consacrés à la Direction régionale de la police judiciaire de Paris, il avait du métier et savait flairer les nids à emmerdes. C'était la deuxième fois au cours de ce week-end d'astreinte qu'un ses contacts au sein du magazine *Paris Flash* lui passait un coup de fil. Hier, il l'avait écouté poliment, mais sans donner suite à cette abracadabrante histoire de vidéo postée sur le site du journal où, selon les dires de l'indicateur, une jeune femme bâillonnée réagissait aux hurlements d'une autre femme restée invisible. Sur le moment, il avait plus ou moins zappé l'information, ayant d'autres chats à fouetter – notamment coordonner plusieurs enquêtes en cours et s'occuper d'un énième braquage de fourgon blindé dans les Hauts-de-Seine, le tout avec des effectifs qui se réduisaient comme peau de chagrin.

Que le film soit accompagné d'une citation tirée de la Bible évoquant le diable l'avait fait tiquer, mais la Brigade criminelle était débordée, et ses hommes n'appréciaient guère de travailler sur des affaires au parfum de surnaturel. Il avait remercié son contact. Il était toujours salutaire d'entretenir de bonnes relations avec ces messieurs de la presse. Le policier savait que c'était donnant-donnant, et qu'il faudrait rendre la politesse, mettre son obligé sur un coup juteux un jour prochain. Heureusement, ce n'était pas ce qui manquait en ce moment. Le capitaine Riou avait archivé l'information dans un coin de son cerveau et était passé à autre chose. Ce second coup de téléphone était différent. Le journaliste de *Paris Flash* qui l'avait recontacté venait de lui annoncer qu'une deuxième vidéo était arrivée en fin de matinée sur le site du magazine. La jeune femme qui apparaissait sur les images était toujours bâillonnée et, cette fois, elle était noire de peau. Sans que l'on sache si c'était important. Sa nationalité était inconnue. Selon la rapide description que son contact avait faite de ce film, on y entendait de nouveau les cris de terreur d'une deuxième femme invisible à l'écran, comme si la personne bâillonnée était forcée d'assister à une scène de torture ou de meurtre en direct. Débordé, Thibault Riou n'aurait pas réagi différemment de la veille et serait passé à autre chose si le journaliste ne lui avait pas indiqué qu'une équipe de *Paris Flash* avait fait le lien entre la première vidéo et une spectaculaire affaire de meurtre qui avait secoué l'Espagne et la station touristique de Benidorm. Le policier avait aussitôt tilté car la chaîne d'infos BFM TV allumée en continu dans la brasserie où il prenait ses repas venait justement de diffuser un court sujet sur ce fait-divers singulier. Sur le coup, il avait regardé cela d'un œil distrait. Mais le contact avait eu toute son attention lorsqu'il lui avait expliqué que, dès le samedi, une journaliste et une photographe s'étaient rendues sur place pour enquêter. Le policier appréciait la réactivité du magazine, pourtant ce qui avait éveillé son intérêt plus que tout, c'est l'inscription qu'elles avaient découverte dans la maison : « Teknokillers ». Au pluriel. Comme le lui avait précisé son contact, insistant sur le -s final. Ce nom ne lui était pas étranger. Il fallait qu'il en sache plus avant d'enclencher la moindre procédure et de déranger les instances supérieures pendant le week-end. Il y avait aussi cette histoire bizarre, la nuit précédente, d'enlèvement avorté à la sortie d'une discothèque branchée des Champs-Élysées, sur laquelle il avait dépêché deux enquêteurs. Vers 3 heures du matin, deux jeunes femmes s'étaient présentées spontanément à une patrouille pour raconter qu'elles venaient tout juste d'échapper à un kidnapping. Les faits paraissaient étranges. Elles mettaient en cause un jeune homme qu'elles avaient rencontré dans la boîte de nuit. Depuis la piste de danse, l'une des jeunes femmes, méfiante, l'avait vu verser un liquide translucide dans leurs boissons. Elle avait beau être éméchée, elle avait fait le lien avec le GHB, la drogue du violeur. La fêtarde avait pris le garçon à partie et déclenché une bagarre dans la discothèque. Dans la confusion, celui-ci avait réussi à s'éclipser mais n'avait pu éviter d'être filmé par les caméras de surveillance. Le capitaine Riou voulait aussi tirer cette histoire au clair. Il fit signe au serveur de lui apporter la note. Il régla son repas, se leva et traversa la rue pour se rendre à son bureau au mythique 36, quai des Orfèvres, bordant la Seine. Le déménagement de la police judiciaire dans le quartier des Batignolles n'était pas prévu avant 2017. Pour sa part, il n'avait aucune envie de migrer vers l'ouest de Paris.

***

— Cette deuxième vidéo, elle est arrivée quand sur le site ? demanda Katie.

La photographe avait attrapé à l'aéroport un taxi qui fonçait maintenant à 110 km/h sur l'autoroute, avec en fond musical Herbert Léonard. Le vieux chanteur bramait sur Radio Nostalgie sa rengaine culte : « Pour le plaisir ». Nathalie, à côté de Katie, luttait contre le sommeil. Les deux femmes accusaient la fatigue. Elles avaient réussi à monter de justesse sur un vol Alicante/Madrid et à prendre ensuite une correspondance pour Paris. En descendant du deuxième avion, Katie avait vérifié son portable, espérant encore un appel ou un message de Marc. Il n'y en avait toujours pas, ce qui commençait à l'inquiéter sérieusement. Avait-il des ennuis en Thaïlande ? Pourquoi ne se manifestait-il pas ? Il devait avoir reçu la photo. Par contre, le rédacteur en chef adjoint lui avait envoyé un SMS court mais sans équivoque : « Urgence. Appelez-moi dès que vous avez atterri. »

— Le film a été découvert en fin de matinée, répondit Patrick Boudou. J'ai demandé au stagiaire de permanence de jeter un coup d'œil sur le site, et elle y était.

— Tu l'as visionnée ?

— Bien sûr.

— Et alors ? insista Katie.

— Alors, c'est quasiment la même chose que pour la première vidéo, sauf que la fille qui apparaît à l'image est une Black.

— Black ? interrompit la photographe. Tu veux dire comme moi ?

— Oui, mais rien n'indique qu'elle soit américaine, anglaise ou française.

— Quoi d'autre ?

— L'image est cadrée de la même façon, en plein sur son visage. Elle est bâillonnée par une boule comme dans les films SM. La couleur est différente de la première vidéo – elle n'est plus rouge, mais noire. Mais à mon avis, ce n'est qu'un détail. Par contre, on entend comme la première fois les hurlements d'une autre femme qui n'est pas à l'image.

— Est-ce que ce sont les mêmes ?

— Que veux-tu dire ?

— Est-ce que les cris ne pourraient pas avoir été réutilisés ?

— Non, j'ai regardé les deux vidéos et je peux t'assurer que ce sont deux femmes différentes qui hurlent sur la bande-son.

— Y avait-il un message qui l'accompagnait comme la première fois ?

— Oui. Je te le lis : « Voici que j'envoie mon messager devant ta face pour disposer ta route »… On a vérifié. Et c'est à nouveau tiré de l'Évangile selon saint Marc.

— Et on sait d'où vient cette vidéo ?

— Non, dit Patrick. J'ai mis un informaticien dessus, mais cela dépasse largement ses compétences. Ce n'est pas un hacker. Il fait ce qu'il peut, mais je n'y crois pas trop. Et toi, tu ne disais pas vendredi que tu connaissais quelqu'un ?

— Si, mais, avec l'Espagne, j'ai complètement oublié de l'appeler. Je suis désolée, j'ai merdé sur ce coup. Je m'en occupe tout de suite.

— Très bien. Au fait, super-boulot, ce que vous avez fait en Espagne. J'ai eu ton message avec l'inscription dans la nuit et j'ai vu les photos que tu as transmises ce matin. Avec l'article de Nathalie, on tient un scoop exceptionnel.

— Je sais. De ton côté, tu n'as pas eu de nouvelles de Marc ?

— Non, toujours rien. Ça m'emmerde, mais je ne vois pas quoi y faire. Il a toujours été un peu comme ça quand il travaillait à la rédaction. Il disparaissait et réapparaissait quand ça lui chantait. On ne va pas le changer. Ne t'inquiète pas pour lui, mais dépêchez-vous, on vous attend au journal pour un briefing sur le sujet de couverture.

— Nous sommes dans un taxi. Nous arrivons d'ici une demi-heure, trois quarts d'heure au plus tard. Une dernière chose : est-ce que la fille de la deuxième vidéo, la Black, est apparue aux informations ?

— Non, sinon je te l'aurais dit, bien sûr. On surveille toutes les chaînes depuis midi, les espagnoles et les autres. Rien pour le moment.

— Pour le moment.

Katie raccrocha. Ils s'étaient compris. Si quelqu'un avait envoyé cette nouvelle vidéo, une autre femme était morte quelque part cette nuit. Mais où ? Et qui était ce nouveau tueur ? Teknokiller en personne, un de ses disciples ou un imitateur ? Et si Teknokiller était à la manœuvre, combien d'assassins avait-il encore à sa disposition ? Toutes ces questions et bien d'autres s'entremêlaient dans sa tête depuis qu'elle avait découvert l'inscription dans la salle de bains. Pourquoi adressait-on ces vidéos à *Paris Flash* ? Et pourquoi étaient-elles accompagnées d'un message destiné en apparence à Marc ? Outre la publicité espérée par le ou les tueurs, y avait-il un dessein caché derrière tout cela ?

2.

Dimanche 22 juillet, 22 h 10.
Bang Saphan (Thaïlande).

Ils attendaient depuis des heures dans cette chambre inconnue, ignorant toujours qui étaient les militaires qui leur avaient sauvé la vie à l'hôtel en liquidant les policiers en civil. Qui étaient-ils ? Pour qui travaillaient-ils ? À quelle unité appartenaient-ils ? Marc aurait voulu passer un coup de fil en France pour obtenir de l'aide et alerter sur sa situation délicate ; néanmoins, privé de portable, il était démuni. Celui-ci lui avait été confisqué par l'un des soldats muets comme des tombes qui les retenaient maintenant prisonniers. Plus tôt dans la matinée, pendant que les deux Occidentaux restaient immobiles sous la menace des trois tireurs d'élite postés sur le toit de l'hôtel voisin, un commando de six Thaïlandais en tenue de camouflage et lourdement armés était venu les chercher. Après les avoir fouillés et délestés de leurs objets personnels – dont le *smartphone* de Marc –, ils leur avaient attaché les mains dans le dos avec des liens en plastique. Puis ils les avaient poussés sans ménagement – mais sans brutalité – dans un minibus banalisé aux vitres teintées. Moins d'un quart d'heure plus tard, le véhicule les avait déposés dans l'enceinte d'une belle propriété clôturée au bord du golfe de Thaïlande. L'endroit était situé dans une zone résidentielle un peu en dehors de la ville de Bang Saphan. Là-bas, on les avait consignés au premier étage dans une grande pièce avec deux lits, une table et un poste de télévision avec un lecteur DVD. Les volets étaient tirés. Avant de partir, les gardes leur avaient délié les mains. L'un des hommes en treillis leur avait simplement dit – ou plutôt ordonné – dans un mauvais anglais :

— Maintenant, vous attendre !

Kiefer s'était endormi ou, du moins, il en avait l'air. Curieux, Marc avait jeté un coup d'œil à la collection de DVD disponible. La plupart des films étaient en thaï, à l'exception de quelques blockbusters vus et revus. Il avait fini par s'enquiller les deux premiers films de la trilogie du *Seigneur des anneaux* et s'était assoupi à son tour dans l'après-midi. Vers 18 heures, un des soldats leur avait apporté des sandwiches au pain de mie et des cannettes fraîches puis s'était éclipsé sans dire un mot. Peu avant 21 heures, un bruit de voitures puissantes, suivi de portières qui claquent et d'un remue-ménage dans toute la maison, leur avait indiqué qu'ils allaient bientôt recevoir la visite d'une personnalité importante.

3.

Dimanche 22 juillet, 16 h 30.
Paris (France).

— Commissaire Chiawzki, je suis désolé de vous déranger un dimanche, s'excusa le capitaine Thibault Riou auprès de son supérieur, mais j'ai une sale affaire qui risque de nous revenir dans la gueule.

— De quoi s'agit-il ?

— D'un tueur en série.

— Expliquez-moi ! ordonna Chiawzki.

Rapidement, le policier exposa les faits en sa possession, passant sous silence la façon dont il avait obtenu l'information, selon un accord tacite dans la police qui voulait que l'on ne parle jamais de ses « tontons », ses contacts dans la presse. Chiawzki l'écouta sans l'interrompre, puis…

— … Si je résume, Riou, nous avons le meurtre d'une femme sur le territoire espagnol, précédé de faits de torture et suivi d'un suicide. Un deuxième meurtre présumé, dont on ne connaît ni la victime ni le lieu, deux vidéos accompagnées de messages tirés de la Bible, et une inscription sur une scène de crime avec le mot « Teknokillers » au pluriel. C'est ça, Riou ?

— Oui, patron. Je sais que cela peut paraître mince.

— Non, Riou. J'ai confiance en vous. Par contre, j'ai besoin de savoir. Est-ce que la Brigade criminelle a déjà travaillé en France sur une affaire similaire ? Est-ce que nous avons un dossier ?

— Nous, rien ! C'est la gendarmerie qui s'est occupée de ça il y a quelques mois.

— De quoi s'agissait-il au départ ?

— D'une jeune femme nommée Clara Riopelle. Elle a été découverte morte, nue et crucifiée l'été dernier en Bretagne, dans la forêt de Brocéliande. Elle avait été longuement torturée.

— Je m'en souviens, maintenant. Mais l'affaire n'avait-elle pas été résolue ? Il y avait eu toute une série d'articles dans la presse à ce sujet.

— Effectivement, commissaire. Le tueur présumé est censé avoir péri dans l'incendie d'une discothèque en Indonésie. Mais le dossier est toujours en cours. Toutes les victimes de ce tueur en série n'ont pas été identifiées, et une jeune femme nommée Jillian Mackay est portée disparue lors de l'incendie. Son corps n'a jamais été retrouvé.

— Une Française ?

— Oui. D'après ce que j'ai lu, son père est irlandais et sa mère française. Elle est née à Paris.

— Très bien, Riou. Je vais m'en occuper.

— Qu'est-ce que vous comptez faire ?

— Je vais prévenir le juge d'instruction en charge de l'affaire. C'est lui qui décidera des suites à donner. Je ne veux pas savoir qui est votre « tonton », mais croyez-vous que *Paris Flash* nous donnera de bon gré accès aux vidéos ?

— J'en doute, commissaire. Nous ne sommes même pas censés savoir qu'elles existent.

Chapitre 15

« ... But what's puzzling you
Is the nature of my game, um mean it, get down
Woo, woo
Oh yeah, get on down... »

« ... Mais ce qui vous déroute
C'est à quoi je joue, um je veux dire, cherche bien
Woo, woo
Oh yeah, cherche vraiment bien... »

Sympathy For The Devil – The Rolling Stones

News... News... News...

Dans le nord du Nigéria, les violences font plus de 200 morts – L'avion solaire décolle pour Ouarzazate – Angelina Jolie se transforme en sorcière pour Munificent *actuellement en tournage – Secret Story : Nadège brouille les pistes – Grenoble : démantèlement d'un réseau de traite d'êtres humains.*

1.

Dimanche 22 juillet, 22 h 30.
Bang Saphan (Thaïlande).

— Messieurs, je suis le commandant Viroj Subhawong, mais mon nom n'a de fait aucune importance, les avertit l'officier thaï en tenue de camouflage avec l'assurance de ceux qui ont l'habitude d'être écoutés et obéis.

Il venait d'entrer sans s'annoncer dans la chambre où Marc et Kiefer avaient été retenus une bonne partie de la journée.

Le militaire, un quadragénaire sec et musclé à la peau tannée, presque noire, s'exprimait dans un excellent anglais parsemé d'expressions américaines. Viroj Subhawong ajouta avec un sourire indéchiffrable :

— Ce qui est important, par contre, c'est que vous soyez encore en vie, n'est-ce pas ?

Ni Marc ni Kiefer ne répondirent. Le premier était intrigué, le second affichait un visage indéchiffrable, comme à son habitude. Ils se contentèrent de hocher la tête, attendant la suite. Elle ne tarda pas.

— Vous devez vous demander pourquoi, poursuivit l'officier. Oui, pourquoi vous êtes encore en vie après avoir tué une dizaine de policiers à Bangkok. Pourquoi vos portraits ne sont pas encore placardés partout dans les rues et les journaux, pourquoi vos photos n'ont pas été diffusées sur toutes les télévisions de notre pays. Pourquoi les hommes qui ont tenté de vous éliminer ce matin n'étaient pas en uniforme, et enfin pourquoi un commando des forces spéciales de l'armée royale thaï vient d'intervenir en votre faveur.

— Oui, répondit Marc, avec une pointe d'agacement et d'arrogance. Je suis curieux. J'aimerais le savoir.

Le journaliste recula, s'adossa contre un mur et croisa les bras dans une attitude de défi. Kiefer n'avait pas bougé du lit, restant allongé tout au long de la tirade du nouveau venu.

— Je crois que le commandant Viroj a simplement besoin de certains de mes talents, intervint l'Israélien en sortant de son apparente torpeur.

Lentement, il s'assit sur le bord du lit, releva la tête et dévisagea posément l'officier. Celui-ci soutint son regard et sourit en plissant les yeux.

— Je vois que j'ai affaire à des gens intelligents, lâcha-t-il après quelques secondes. Mais je n'en suis pas vraiment étonné, votre dossier ne disait pas autre chose.

— Son dossier ? interrompit Marc, déconcerté, en faisant un pas dans sa direction. Que voulez-vous dire ?

L'officier thaï se tourna vers l'ancien grand reporter de *Paris Flash* avec un nouveau sourire mystérieux.

— Je suis étonné, je dirais même un peu déçu, de voir que le brillant journaliste que vous êtes semble ignorer certains détails d'importance sur son entourage le plus proche.

— Je répète ma question : que voulez-vous dire ?

— Il veut dire que je suis un ancien membre des forces spéciales israéliennes, coupa Kiefer. Le commandant Viroj fait partie des Royal Thai Navy Seals, une unité qui entretient depuis des années des rapports très étroits avec les forces spéciales américaines. À ce titre, il sait tout de moi. Ou presque…

— M. Wisemann est modeste quand il mentionne

son appartenance aux forces spéciales israéliennes, continua Viroj Subhawong. Il a été formé avec les meilleurs, dans la mythique unité Saeyret Matkal.

— Et alors ? intervint Marc Torkan avec ironie. Je l'ai vu à l'œuvre et je me doute bien qu'il n'a pas fait son service chez les enfants de chœur.

— Monsieur Torkan, ordonna le commandant, calmez-vous et asseyez-vous ! Vous ressemblez à un tigre en cage. Vous l'ignorez sans doute, mais vous nous avez déjà rendu un grand service. Toutefois nous allons encore avoir besoin de vous.

— Je ne comprends toujours pas pourquoi nous sommes là.

— Je ne sais pas qui vous a envoyés en Thaïlande, mais je vais vous raconter une histoire qui devrait vous intéresser… Un scoop, même, comme on dit dans votre jargon. Mais l'inconvénient, c'est que vous devrez le garder pour vous. Les États n'aiment guère que l'on révèle leurs petits secrets.

Il fallut plus d'une heure à Viroj Subhawong pour venir à bout de son récit. Depuis la fin de la monarchie absolue en 1932, la Thaïlande était officiellement devenue une monarchie constitutionnelle. Le pays était « dirigé » depuis 1946 par le roi Bhumidol Adulyadej, plus connu de ses soixante-sept millions de sujets sous le nom de Rama IX, neuvième de la dynastie des Chakri. Un roi qui aimait les armes à feu, le jazz, peignait et jouait du saxophone. Marc Torkan se demandait pourquoi le commandant leur faisait ce petit cours d'histoire et voulut couper court. Mais, d'une voix sèche, celui-ci lui fit comprendre que le contexte était aussi important que les faits dans l'affaire qui les occupait :

— Depuis la révolution de 1973 et le départ à

l'étranger du général Kittikachorn, la Thaïlande est aussi devenue une démocratie, poursuivit le militaire. Celle-ci est fragile, mais bien réelle. S'il y a eu des périodes d'instabilité avec des coups d'État parfois sanglants, des élections libres sont régulièrement organisées, et les gens peuvent exprimer librement leurs opinions. Cela est possible car deux organisations concurrentes structurent le pays…

— L'armée et la police, je suppose ? souffla le journaliste.

— Tout à fait, monsieur Torkan. Je vois que vous avez révisé vos fiches avant de venir. L'équilibre des forces peut varier entre ces deux entités, mais, globalement, les dirigeants de chacun de ces deux camps respectent une sorte de *modus vivendi* qui permet au pays de ne pas sombrer dans la violence et de profiter de la manne financière qu'amènent tous les ans plus de seize millions de touristes occidentaux, japonais, chinois, indonésiens et indiens.

— Vous incluez dans cette manne les bénéfices tirés de la prostitution ? coupa de nouveau Marc, impatient de voir Viroj en venir enfin aux faits.

— Il y a un peu moins d'un an, poursuivit le commandant sans relever l'interruption, un étranger que nous nommerons M. X est arrivé en Thaïlande. Il était protégé par des triades chinoises liées à des membres de la police de Bangkok. Traditionnellement, ce sont elles qui contrôlent la prostitution dans le pays. La police prend son pourcentage sur les transactions et ferme les yeux lorsque c'est nécessaire, notamment lorsque des filles ont besoin d'être corrigées et ramenées dans le droit chemin.

— Vous voulez dire qu'elle se livre à un racket,

l'interrompit de nouveau Marc, se demandant toujours où l'officier voulait en venir.

— Si vous voulez… Suite à l'arrivée de cet homme, il s'est passé des choses étranges. Des filles ont commencé à disparaître, des rumeurs ont couru dans les bordels de Bangkok puis dans tout le pays.

— Des filles qui disparaissent, je suppose que ce n'est pas ce qui manque en Thaïlande !

— Oui, mais là, c'était différent. Lorsque les corps refaisaient surface, ces jeunes femmes avaient été violées, torturées et mutilées.

— Quel genre de mutilations ? demanda Marc, soudain intéressé.

— Je suis un soldat, je n'ai pas enquêté personnellement sur ces affaires, mais, d'après ce que j'en sais, certaines victimes avaient eu les mains ou les seins coupés.

— Et la langue ? insista le journaliste.

— Quoi, la langue ? s'étonna le commandant Viroj, surpris par la question.

— Avaient-elles eu la langue tranchée ? s'enquit Marc, le cœur battant.

2.

Dimanche 22 juillet, 17 h.
Paris (France).

« … Un épouvantable fait-divers, annonça le présentateur du journal de BFM TV, qui avait soigneusement choisi ses mots. Ce matin, la jeune Janna Vinkers, vingt et un ans, a été découverte errant nue dans les rues d'Amsterdam. Elle tenait entre ses mains la tête coupée d'une autre femme. Il s'agissait de l'une de ses amies, Kristina Hout, âgée elle aussi de vingt et un ans. Il semblerait que ces deux étudiantes se soient rendues à une fête techno dans lequel se produisait un célèbre DJ français, Bob Sinclar. Selon des témoins, Janna et Kristina étaient en état d'ébriété avancé. Elles auraient disparu au cours de la soirée, accompagnées par un inconnu. La police néerlandaise est bien sûr en état d'alerte, d'autant que cette affaire présente d'étranges similitudes avec un autre fait-divers qui s'est déroulé voilà deux jours en Espagne, dans la station balnéaire de Benidorm… »

Jean Ledieur, le directeur de la rédaction de *Paris Flash*, n'attendit même pas la fin du bulletin d'information. Il coupa le son de la télévision et se tourna vers le comité restreint de journalistes rassemblés dans son bureau, dont Patrick Boudou. Katie et Nathalie venaient de les rejoindre.

— On part pour la couv' ! lança le directeur. Cette histoire, c'est de la bombe. Je veux qu'une équipe file tout de suite la couvrir à Amsterdam.

Katie s'apprêtait à ouvrir la bouche. Elle fut interrompue net dans son élan.

— Non, pas toi, Katie ! Ni Nathalie, d'ailleurs. Vous êtes crevées, et j'ai besoin de vous ici. Patrick, as-tu du monde de disponible ?

— Oui, j'ai Alfred comme journaliste et Diego comme photographe. Ils sont libres.

— OK, tu me les envoies fissa là-bas ! Avion, train, sous-marin, je m'en fous. Je veux qu'ils soient sur place dès ce soir.

Le directeur se tourna ensuite vers Élodie Deniau,

la discrète mais très efficace chef du service photo du magazine.

— Toi, tu fais une razzia, tu ratisses tout ce qu'il y a ! lui commanda-t-il avec une autorité qui ne souffrait pas la contestation. Je veux du premier choix. Les photos de Katie dans la maison en Espagne nous serviront pour les pages intérieures, mais il nous faut du document, des portraits de ces filles pour illustrer le sujet de couverture. Sans image, pas d'histoire ! Souriantes, les filles, si tu trouves : ce sera plus touchant. Commence par chercher dans les agences, puis élargis aux proches. L'idéal, ce serait des photos de vacances. Il y a sûrement un petit malin qui les a déjà proposées. Mets-toi en relation avec les responsables photo des quotidiens espagnols et vois aussi si tu peux récupérer quelque chose de ce côté-là ! Pour les Pays-Bas, appelle les organisateurs de la fête techno ! S'il y avait Bob Sinclar, il y avait aussi sûrement un photographe sur place pour faire des image et les mettre en ligne. Si ça se trouve, il y a même des photos de cette Janna et de sa copine Kristina qui sont déjà postées sur leur site.

— Quel est le budget ? demanda Élodie, pragmatique.

— *No limit.*

— Vraiment ?

— Tu montes jusqu'à 30 000 euros. Au-dessus, tu m'appelles et on voit. Allez, on se bouge, les enfants !

La chef du service photo se hâtait de quitter le bureau quand le directeur l'interpella une dernière fois.

— Élodie, un dernier truc ! Très important ! Tu me ressors aussi les photos de Clara Riopelle, la victime de Teknokiller l'été dernier à Brocéliande. OK ?

— Ce sera fait, Jean.

Le rédacteur en chef adjoint Patrick Boudou attendit qu'elle eût quitté la pièce pour demander :

— As-tu déjà une idée pour le titre de Une ?

Le directeur de *Paris Flash* posa les coudes sur son bureau, joignit les mains comme s'il allait se mettre à prier. Il ferma les yeux quelques secondes. Concentré.

— Essaye : « France, Espagne, Pays-Bas : qui arrêtera les Teknokillers ? »

3.

Dimanche 22 juillet, 23 h 30.
Bang Saphan (Thaïlande).

— … Non, répondit le commandant Viroj. À ma connaissance, aucune des victimes n'a eu la langue tranchée. Pourquoi cette question ?

— Pour rien, juste une idée qui me passait par la tête[1], assura Marc, ne sachant s'il était soulagé ou déçu. Continuez, je ne vous interromprai plus, commandant.

— OK, mais je me renseignerai.

L'officier thaï reprit son récit là où il s'était arrêté.

— Il y a quatre mois, les services secrets américains ont discrètement pris contact avec nos services pour une affaire délicate. Un homme d'affaires russe soupçonné de trafic d'armes et d'êtres humains avait été retrouvé mort à Los Angeles quelques jours plus tôt. Ce qui motivait les Américains, ce n'était pas tant les circonstances de son décès, sans doute lié à un règlement de comptes, mais ce qu'ils avaient découvert

1. Voir *Le Chant des Âmes*, *op. cit.*

sur le disque dur de son ordinateur portable personnel, et les connexions connues de cet homme avec des hauts responsables de la police à Bangkok.

— Qu'y avait-il dans son ordinateur ? demanda Kiefer qui était resté silencieux depuis près d'une heure.

— Des snuff-movies.

Chapitre 16

« ... Oh yeah
Oh yeah !
Tell me baby, what's my name
Tell me honey, can ya guess my name... »

« ... Oh yeah
Oh yeah !
Dis-moi, bébé, quel est mon nom
Dis-moi, chérie, peux-tu deviner mon nom... »

Sympathy For The Devil – The Rolling Stones

News... News... News...

États-Unis : Le président Obama attendu à Aurora, le logement piégé du suspect déminé – Fukushima : des ouvriers contraints de mentir sur la radioactivité – Offensives de l'armée à Damas et Alep : plus de 19 000 morts dans le conflit – Lenny Kravitz réconforte Vanessa Paradis – La mère de Michael Jackson portée disparue selon CNN : un des frères dément l'information.

1.

Dimanche 22 juillet, 23 h 35.
Bang Saphan (Thaïlande).

— Des snuff-movies ? s'étonna Marc, perplexe. Qu'est-ce que vous entendez par là ? Que les meurtres de ces femmes qui avaient disparu ont été filmés par leurs assassins puis vendus ?

— Affirmatif. Les Américains ont fait analyser ces vidéos par plusieurs spécialistes de l'image, expliqua le commandant Viroj. Elles ont été décortiquées image par image. Ils sont persuadés qu'il n'y a eu aucun trucage. Les femmes que l'on y voit se faire torturer, violer puis tuer ne sont pas des actrices…

Cela lui revint comme un flash. Marc devait avoir quatorze ou quinze ans à l'époque. Il se souvint qu'au début des années quatre-vingt, lorsque les premiers lecteurs de cassettes vidéo avaient commencé à devenir accessibles et à se généraliser chez les particuliers, l'une des occupations favorites des adolescents de son âge était de regarder en bande des films d'horreur pour se faire peur. Comme un rite de passage. C'est à cette époque qu'un fait-divers les avait tous marqués. Lui en particulier. L'affaire du Japonais cannibale. En 1981, à Paris, un certain Issei Sagawa avait assassiné à la carabine 22 long rifle une étudiante néerlandaise du nom de Renée Hartevelt. Le tueur avait ensuite prélevé plusieurs parties de son corps qu'il avait photographiées et conservées au réfrigérateur avant de les consommer à chacun de ses repas. Trois jours durant.

Issei Sagawa avait été arrêté grâce au témoignage d'un couple ayant trouvé étrange le comportement de cet Asiatique qui se promenait au bois de Boulogne avec deux valises sur un chariot. Quelques années plus tard, les images avaient été publiées comme un scoop par le magazine *Photo* dans un cahier scellé à découper, interdit au moins de dix-huit ans – Marc s'en souvenait comme si c'était hier : un samedi soir, il avait retrouvé sa bande de copains dans l'appartement d'un dénommé Christophe. Les parents étaient absents, sans doute partis dîner avec des amis. L'adolescent avait disparu quelques minutes. Il était revenu en brandissant d'une main le magazine interdit et de l'autre une cassette vidéo au titre évocateur : *Cannibal Holocaust*. Le film censément véridique d'une expédition en Amazonie parmi des tribus anthropophages. Les adolescents avaient feuilleté le magazine et visionné la vidéo jusqu'au bout, fascinés. Tourné comme un documentaire, *Cannibal Holocaust* laissait croire que des gens mouraient devant la caméra. Il se terminait par le viol collectif au milieu de la jungle d'une journaliste américaine et sa décapitation. Comme ses camarades, Marc s'était fait prendre par l'apparent réalisme des images. Il n'avait appris la vérité que quelques années plus tard, par hasard. Ce film était une fiction. Mais le meurtre de Renée Hartevelt était bien réel. Depuis, il avait vu bien des choses au cours de ses nombreux reportages sur les conflits qui semblaient se multiplier à mesure que le monde se fragmentait en nouveaux États-nations. Comme si la violence et le Mal se diffusaient à grande échelle sur la planète en corrélation avec le nombre d'humains sans cesse plus important.

Bientôt huit milliards. Et autant de façons de vivre, de mourir ou de tuer ?

— J'aimerais ne pas vous croire, soupira l'ancien grand reporter de *Paris Flash*, écœuré. Mais quel intérêt ? Qui peut acheter ce genre de films ?

— Des gens qui ont de l'argent, beaucoup d'argent, répondit le Thaïlandais. Des gens qui s'ennuient, des gens qui veulent savoir jusqu'où s'exerce leur pouvoir. Vous seriez surpris du nombre de personnes que cela représente.

— Et laissez-moi deviner… Je suppose que Nadejda Kanijtiva figurait sur l'une de ces vidéos.

— Exactement. Elle apparaît dans l'un des films retrouvés sur l'ordinateur du Russe. C'est à notre connaissance la seule Occidentale qui ait été victime de ce trafic, et donc la plus repérable. Depuis plusieurs mois, nos propres services de renseignements sont sur cette affaire. Sans succès. Votre arrivée à Bangkok a changé la donne. Jusque-là, nous opérions dans l'ombre, et nous avions commencé à infiltrer discrètement l'entourage du commissaire Chatchaï. Vos questions ont dérangé beaucoup de monde et provoqué une réaction en chaîne.

— Et je suppose que le fait que vos hommes soient intervenus ce matin fait de nous vos obligés ?

— Comme je vous l'ai expliqué, la Thaïlande est une démocratie très fragile. Si l'on découvrait que des éléments haut placés de la police de Bangkok ont été mêlés à cette histoire, si cette affaire sortait dans les médias, le royaume pourrait rapidement sombrer dans le chaos.

— Je ne comprends pas très bien.

— Vous êtes en Asie, dit le commandant Viroj. Tout est question d'honneur. Il faut sauver la face.

Si l'opinion publique de mon pays apprenait qu'une partie de la police thaïlandaise est corrompue au point de laisser des femmes se faire violer et tuer pour de l'argent, cette institution serait totalement discréditée. Il y aurait des troubles, des manifestations, peut-être une révolution, et l'armée serait obligée d'intervenir.

— Et en quoi cela vous gênerait-il ? interrogea Marc jouant la provocation.

— Je suis un militaire, mais, croyez-le ou non, je suis aussi un démocrate convaincu. Tout comme mes supérieurs.

— Tous ?

— Tous, sans doute pas, mais la plupart, sûrement. Et cette partie ne veut pas que l'armée reprenne le pouvoir et impose une dictature comme au Myanmar. Ce serait aller à l'encontre de la marche de l'histoire.

— Je reformule alors ma première question : pourquoi nous avez-vous sauvé la vie ?

— En toute honnêteté, nous n'avons pas vraiment besoin de vous, monsieur Torkan. Ce qui nous intéresse, ce sont surtout les talents très particuliers de M. Wisemann.

— Quels talents ? s'étonna Marc, piqué au vif.

2.

Dimanche 22 juillet, 23 h.
Paris (France).

— Alors ? interrogea Katie, impatiente.

— Il va falloir un peu de temps, répondit Yann après avoir avalé une gorgée de boisson énergétique pour rester en éveil, mais si je fais tourner mes machines plusieurs heures durant, je devrais arriver à un résultat exploitable.

Le jeune homme dégingandé aux cheveux bouclés et mal peignés l'avait rappelée en début de soirée. D'emblée, il avait refusé de rencontrer la photographe à la rédaction de *Paris Flash*, lui indiquant son adresse, celle d'un studio minuscule dans le Ve arrondissement, à une centaine de mètres de la station de métro Maubert-Mutualité. Malgré la fatigue accumulée depuis deux jours et sa folle envie de s'écrouler pour dormir, Katie avait repris un taxi et l'avait retrouvé dans son antre. L'Américaine s'attendait à découvrir un espace dans le désordre le plus complet, mais, à son grand étonnement, tout était propre et rangé. Les seuls signes distinctifs de ce logement minuscule étaient le poster du film *Fight Club* scotché au-dessus du lit une place qui faisait aussi office de canapé, et les trois écrans d'ordinateur branchés à des appareils inconnus. Fou d'informatique et passionné de programmation, Yann Lévas était le meilleur ami de Jillian. Il l'avait rencontrée au lycée lorsqu'ils étaient encore adolescents. Le garçon boutonneux au comportement d'autiste et la caractérielle aux cheveux rouges qui envoyait chier les professeurs s'étaient trouvé au moins un point commun pendant une heure de colle. C'étaient deux marginaux, attirés par les lisières du monde. Deux emmerdeurs qui ne voulaient pas rentrer dans la norme. Un peu moins d'un an plus tôt, le jeune homme avait aidé la DJette de façon déterminante à retrouver la trace du Teknokiller via Internet, en localisant un site éphémère sur lequel le DJ assassin avait laissé à dessein des morceaux de musique électro dédiés à chacune de ses victimes. Dans sa folie mystique, le tueur en série utilisait le dernier cri des femmes qu'il enregistrait après les avoir longuement torturées pour composer l'équivalent d'une symphonie morbide. Grâce au site, Yann avait permis à Jillian d'établir un contact avec Teknokiller. Et depuis, il s'en voulait terriblement, persuadé d'avoir envoyé son amie dans les griffes d'un démon. Pourtant, après le dramatique incendie de la discothèque du Kudeta, le hacker n'avait pas cru à la mort de Jillian, annoncée par la police indonésienne. Il ne pouvait s'y résoudre. Comme s'il sentait qu'elle était toujours en vie. Pendant plusieurs mois, il avait tenté d'aider Katie Jeckson, qui s'obstinait à chercher à travers le monde des indices prouvant qu'elle n'était pas morte. Leurs recherches avaient été vaines. Jusque-là… Mais les informations que venait de lui donner la photographe avaient fait renaître un peu d'espoir chez le hacker. Durant des années, il avait percé les défenses cybernétiques de sites de banques ou d'institutions réputés inviolables. Sans jamais être repéré. Il en avait fait son gagne-pain, flirtant avec les limites de la légalité, s'intéressant moins à l'argent qu'à la performance pure et au sentiment de toute-puissance que lui procurait la quasi-certitude de pouvoir pénétrer et pirater n'importe quel système. Pour Jillian, son amie, il était à prendre des risques. Tous les risques.

— Je ne comprends toujours pas pourquoi tu préfères opérer de chez toi plutôt qu'à partir de la rédaction de *Paris Flash*, remarqua Katie. Cela m'aurait paru plus logique. Tu avais tout sur place, et les deux vidéos sont arrivées sur la mailbox du site du magazine. Tu pouvais retracer leur origine de là-bas.

— J'ai besoin de mon propre matériel et je préfère être discret, expliqua Yann. Moins je suis vu, mieux je me porte. De toute façon, j'ai déjà pénétré et piraté le système informatique de *Paris Flash* pendant que tu faisais le trajet pour me rejoindre en taxi. Cela m'a pris dix minutes, montre en main.

— C'est tout ?

— Oui, c'est la partie la plus facile. Je suis maintenant en train de mettre en place un programme-espion que j'ai imaginé pour identifier la ou les adresses IP d'origine à partir de laquelle ces vidéos ont été envoyées. Cela devrait nous permettre de localiser l'expéditeur.

— Explique-moi, s'il te plaît !

— Tu m'as bien dit que, vendredi soir, quand vous avez reçu la première vidéo, le responsable informatique a essayé de déterminer l'adresse IP de l'ordinateur à partir duquel elle avait été envoyée, n'est-ce pas ?

— Oui, mais il s'est retrouvé bloqué presque aussitôt. Il a parlé d'une histoire de logiciel de cryptage qui dépassait ses compétences

— Il est nul, mais il avait raison. Cela dépasse de loin ses compétences en informatique.

— Mais toi, qu'est-ce que tu vas faire ? Décrypter ce logiciel ?

— En gros, c'est ça. A priori, l'expéditeur a utilisé les possibilités offertes par le Projet Tor.

— Qu'est-ce que c'est ? demanda Katie, avouant son ignorance.

— Un logiciel libre qui permet d'envoyer des

paquets d'informations de façon anonyme sur Internet. Il utilise ce que l'on appelle dans le jargon des hackers le routage en oignon.

— Et alors ? insista la photographe. Explique !

— C'est comme si la vidéo expédiée avait été pelée ou décomposée en une myriade de paquets d'information qui, ensuite auraient chacun pris une route différente pour arriver jusqu'à la boîte mail du site de *Paris Flash*. Ce système garantit l'anonymat de l'ordinateur de départ, mais il y a des failles. C'est là que j'entre en jeu.

Yann avala une nouvelle gorgée de sa cannette de poison à la caféine et à la taurine. Il sentit les molécules chargées de substances excitantes se diffuser dans tout son corps. Il en avait besoin pour rester affûté.

3.

Lundi 23 juillet, 7 h du matin.
Bang Saphan (Thaïlande).

En face de lui, Marc Torkan avait en ligne de mire un tueur. Un professionnel de la mort. Un de ces hommes qui pouvait en éliminer un autre d'une pression sur une détente.

Une demi-heure plus tôt, alors que le soleil était déjà levé, une voiture était venue les chercher à la villa pour les déposer discrètement à la sortie de Bang Saphan. À cet endroit, devant un baraquement en béton recouvert d'une simple tôle, était stationnée une demi-douzaine de minibus climatisés identiques à celui du commando. Le Thaï en civil assis à la place du mort avait rendu au journaliste son argent et son téléphone portable, sans faire de commentaire. Marc et Kiefer étaient descendus. Ils savaient ce qu'ils avaient à faire. À l'intérieur du bâtiment, les différentes destinations desservies avec les horaires de départ étaient inscrites au feutre noir sur un grand panneau blanc. Une vingtaine de personnes patientaient là. Beaucoup de Thaïlandais et une demi-douzaine de touristes occidentaux, pour la plupart des jeunes en tenue de routard – short, tongs et sac à dos. L'endroit servait plus ou moins de buvette avec quelques tables entourées de chaises en plastique, une machine à café et un réfrigérateur rempli de boissons fraîches. Kiefer s'assit sur un banc en bois collé le long d'un mur, et fit signe à Marc de s'installer de l'autre côté. Il y avait peu de chance qu'on les remarque, mais la prudence commandait d'être discrets. La veille, le commandant Viroj leur avait indiqué la marche à suivre. L'ancien commando israélien et le journaliste avaient pour instructions de se rendre en minibus jusqu'à la ville de Krabi, à plus de cinq cents kilomètres au sud. Un trajet qui devait durer une dizaine d'heures. Il leur avait été spécifié qu'ils devraient changer de véhicule au moins deux fois au cours de leur voyage, et qu'ils seraient discrètement accompagnés par deux hommes des Royal Thai Navy Seals. Par « discrètement », il fallait comprendre « sans uniforme ». À Krabi, ils devaient recevoir d'autres informations sur la suite de l'étrange mission qui venait de leur être assignée sans discussion possible.

Ils avaient – ou plutôt, Kiefer avait – un homme à exécuter. La veille au soir, Viroj avait été clair avec l'Israélien.

— J'ai un marché à vous proposer. Vous éliminez l'étranger que protègent les triades et la police, et vous pourrez sortir de Thaïlande sans être inquiétés pour ce qui s'est passé à Thonburi.

— Si je vous dis non ? avait objecté Kiefer d'un ton calme.

— C'est simple, avait répondu le commandant. Nous vous laisserons aller à votre guise, mais vous ne serez plus protégés par mon unité. Les hommes du commandant Chatchaï auront alors le champ libre, et, malgré tous vos talents, je pense que vous aurez du mal à quitter le pays vivants.

— Mais pourquoi n'arrêtez ou n'éliminez-vous pas vous-même ce mystérieux M. X ? était intervenu Marc.

— Parce que même s'il s'agit d'éléments corrompus, si l'armée se retrouve directement confrontée à la police, la Thaïlande risque de basculer dans la guerre civile.

— Cela me paraît complètement insensé, avait grommelé Marc. J'ai du mal à vous croire. J'ai du mal à croire à toute cette histoire. J'ai l'impression d'être dans un *Jason Bourne*.

— Puis-je vous rappeler, monsieur Torkan, ce qui s'est passé en Thaïlande en l'année 2010 suite à des élections nationales contestées ? Les confrontations entre les Chemises rouges du parti UDD et l'armée ont fait 85 morts et 2 100 blessés. Il y a eu des tirs à balles réelles en plein centre de Bangkok. Des chars ont été déployés. Tout peut recommencer aujourd'hui, demain. Ici, l'équilibre des forces est si fragile que la moindre intervention contre des membres de la police provoquerait une escalade de la violence que mes supérieurs cherchent absolument à éviter.

— Et qui est ce M. X ? Il a bien un nom, une identité ?

— Malgré tous nos efforts, nous avons très peu de choses sur lui, avait reconnu Viroj. Nous savons simplement qu'il est l'initiateur de ce trafic de snuff-movies. Nous savons qu'il se déplace très peu. Par un de nos informateurs, nous avons appris qu'il vivait protégé par des gardes du corps dans une villa au sud de Krabi, sur l'île de Ko Muk, dans la propriété d'une huile de la police.

— Qu'arrivera-t-il aux policiers impliqués dans les meurtres de ces femmes ?

— Ce n'est pas votre problème.

— Je veux savoir, avait insisté Marc.

— Rien dans l'immédiat, avait reconnu le militaire avec amertume. Mais le ménage sera fait plus tard. Discrètement.

— Et Nadejda ?

— Elle est morte. Que voulez-vous ?

— Que son histoire soit connue.

— Je ne crois pas que cela soit possible dans l'immédiat. Monsieur Torkan, vous allez devoir apprendre à garder un secret. Bienvenue dans mon monde.

Marc leva les yeux. Sur son banc, Kiefer l'examinait. Stoïque. Dans la voiture, l'Israélien n'avait rien dit. La veille au soir, il s'était contenté d'opiner de la tête pour signifier au commandant Viroj qu'il acceptait le marché proposé. Comment pouvait-il garder son calme dans une telle situation ? se demandait le journaliste. Comment pouvait-on consentir à tuer quelqu'un sans ciller, quand bien même cette personne était un monstre ? Marc scrutait l'homme qui lui avait sauvé la vie au moins trois fois en deux jours. Cherchant à comprendre. En vain. Le commandant Viroj lui avait proposé de rester en dehors de cette opération, mais quelque chose d'indicible, un lien invisible qui le reliait à Kiefer, l'avait poussé à ne pas souscrire à cette offre. Il eut envie de boire un café et de fumer un cigarillo. Marc tâta ses poches. Il y dénicha les billets qu'on lui avait rendus ainsi que son téléphone confisqué depuis la veille. Il l'alluma et jura entre ses dents. Il avait oublié : le compteur de la batterie avait encore baissé, passant sous la barre des cinquante pour cent de ses capacités. Sans le chargeur resté dans sa chambre d'hôtel à Bangkok, et sans possibilité d'en récupérer un nouveau dans l'immédiat, il allait devoir restreindre au maximum l'usage du portable ou il serait à nouveau coupé du monde extérieur. Il le consulta rapidement. Pendant qu'ils étaient sous la garde de l'armée, Katie lui avait envoyé un nouveau message avec une image en fichier joint trop petite pour qu'il puisse la déchiffrer. Que lui voulait-elle ? Intrigué, il appuya sur la touche. Une photo avec l'inscription « TEKNOKILLERS » en lettres de sang s'afficha en plein écran. Il sentit son cœur bondir d'un coup dans sa poitrine comme si on cherchait à le lui arracher.

Chapitre 17

« ... Tell me baby, what's my name
I tell you one time, you're to blame
Ooo, who Ooo, who... »

« ... Dis-moi baby, quel est mon nom
Je ne le dirai qu'une fois : c'est de ta faute
Ooo, who
Ooo, who... »

Sympathy For The Devil – The Rolling Stones

News... News... News...

La Grèce veut sortir de la crise en commençant par renégocier sa dette – États-Unis : le tueur présumé James Eagan Holmes garde le silence – Mariah Carey annonce qu'elle va remplacer Jennifer Lopez dans le jury de American Idol *– Damas (Syrie) accuse les pays étrangers de pirater des chaînes de télévision – À la Réunion, un surfeur de 22 ans a été tué par un requin au large du spot de Trois-Bassins.*

1.

Lundi 23 juillet, 8 h du matin.
Paris (France).

« … Selon la police néerlandaise, annonça d'une voix affectée Vincent Parizot, le présentateur du flash d'information matinal sur RTL, l'assassin présumé de la jeune femme décapitée à Amsterdam au cours de la nuit de samedi à dimanche se serait donné la mort. Les enquêteurs ont retrouvé son corps dans la maison où il aurait torturé puis décapité sa victime sous les yeux d'une de ses amies. Celle-ci avait été découverte errant nue dans les rues de la ville dimanche matin. Les deux femmes avaient disparu après une soirée techno pendant laquelle se produisait le DJ français Bob Sinclar. Comme nous vous l'avions indiqué hier, la rescapée tenait entre ses mains la tête de la victime fixée avec de la colle forte. Nos envoyés spéciaux sont sur place et nous tiendront au courant tout au long de la journée de l'évolution de cette étrange affaire qui rappelle un autre fait-divers sordide. Celui-ci s'est déroulé à Benidorm en Espagne en fin de semaine, dans des circonstances analogues. Jeudi matin, une jeune touriste néerlandaise avait été découverte dénudée sur une plage locale. Elle tenait aussi entre ses mains la tête coupée d'une autre jeune femme aux cheveux roux. Là aussi, le tueur présumé se serait donné la mort dans la maison où il aurait torturé sa victime… »

Patrick Boudou baissa le son de la radio, tourna et retourna entre ses mains le document qui était parvenu dans la nuit sur l'un des fax de la rédaction de *Paris Flash*. Une réquisition judiciaire émanant d'un juge d'instruction. Le texte était sans équivoque et enjoignait le magazine à donner accès sans délai aux deux vidéos reçues ces trois derniers jours. Les flics ! Eux seuls pouvaient avoir prévenu et saisi le magistrat. Mais comment avaient-ils appris que le magazine détenait ces vidéos ? Le juge allait-il demander à les verser comme éléments de preuve à son dossier ? Boudou aurait-il dû les alerter lui-même pendant le week-end, quand il avait appris qu'il existait un lien plausible avec l'affaire Teknokiller, même si les deux meurtres s'étaient déroulés à l'étranger ? Il n'avait dormi qu'une poignée d'heures au cours de la nuit, allongé sur le canapé de son bureau. Il était épuisé, mais il se reposerait plus tard. L'adrénaline et le goût du scoop le feraient tenir jusqu'au bouclage complet du magazine. Le journaliste soupira et sortit son portable pour passer un coup de fil qui s'avérait nécessaire.

***

— Et d'où émane cette réquisition ? demanda Jean Ledieur. La voix du directeur de la rédaction de *Paris Flash* était tendue.

— De Rennes, répondit Patrick. J'ai vérifié. C'est le bureau du juge d'instruction qui était en charge de l'affaire Clara Riopelle.

— Cela signifie qu'il sait ce que contiennent les vidéos, et donc que quelqu'un lui a dit qu'elles étaient liées à Teknokiller.

— Oui, et c'est forcément quelqu'un de la rédaction.

— Fait chier ! jura le directeur.

— Veux-tu que je cherche à identifier ce salopard ?

Il y eut un silence de quelques secondes au bout de la ligne. Puis :

— Non, Patrick, on s'en fout. Tu vas perdre un temps fou, et ça va nous plomber l'ambiance dans la rédaction si on commence à faire la chasse aux mouchards. On a mieux à faire aujourd'hui. Il y a un journal à boucler. Je veux qu'il sorte dès mercredi, et pas jeudi. Pour ça, il faut garder toutes les énergies intactes et éviter un psychodrame en interne. De toute façon, il y aura toujours un petit malin au journal pour pratiquer ce genre de deal avec les flics.

— Comme tu veux, dit Patrick, soulagé de ne pas avoir à lancer une chasse aux sorcières.

— À ton avis, si je consulte nos services juridiques, est-ce qu'on peut refuser de se soumettre à cette réquisition en invoquant la protection de nos sources ? reprit Jean comme s'il réfléchissait à voix haute.

— On pourrait, mais à quoi bon ? répondit le rédacteur en chef adjoint. Nous aurions le mauvais rôle. Nous ferions obstruction à une enquête en cours et, par ailleurs, nous serions obligés un moment ou un autre d'accéder à la demande du juge.

— Que penses-tu qu'il cherche ?

— La même chose que nous ! Les flics veulent tenter de retracer l'origine de ces vidéos et se servent du juge pour nous mettre la pression.

— Bien sûr… Et nous, nos informaticiens ? Ont-ils des pistes ?

— Zobi. Que dalle pour le moment.

— Mais tu ne m'avais pas dit hier que Katie avait peut-être un contact pour ce genre de truc ?

— Si.

— Et ? As-tu des nouvelles ?

— Non. Toujours rien.

— Alors, appelle-la fissa ! Je m'habille, je m'avale une triple dose de café et je file vous rejoindre au journal.

— OK, Jean. Et qu'est-ce que je fais pour le juge ?

— Je suppose que tu as déjà demandé à faire des copies des vidéos, non ?

— Oui. C'est en cours.

— Nickel ! Tu laisses courir encore deux bonnes heures avant de réagir. C'est bien connu, les journalistes sont des fainéants et des lève-tard. Et ce n'est pas aujourd'hui que nous allons faire mentir notre réputation. Tu attends et, vers 10 h 30, tu appelles le bureau du juge et tu lui indiques que nous sommes prêts à coopérer.

Patrick allait raccrocher, mais le directeur du journal n'en avait pas fini.

— Et du côté d'Amsterdam ?

— Tu as écouté la radio ?

— Oui, j'ai zappé entre RTL, France Inter et Europe 1, mais personne n'a encore fait le lien avec l'affaire Teknokiller. Pour l'instant, à les entendre, il s'agit juste de deux faits-divers particulièrement spectaculaires que rien ne relie sinon le mode opératoire.

— Avec les vidéos, les photos de Katie et l'article de Nathalie, ça nous laisse une bonne longueur d'avance sur la concurrence, avança Patrick. Sauf si les films ont été envoyés à d'autres journaux…

— Oui, j'y ai pensé cette nuit. Mais c'est quelque

chose que nous ne pouvons pas contrôler. Ils pourraient aussi être postés à tout moment sur des sites comme YouTube ou DailyMotion sans que nous puissions faire grand-chose. Et nos envoyés spéciaux ? Ont-ils trouvé des biscuits ?

— Ils m'ont appelé tout à l'heure. Ils font toujours le pied de grue devant la maison où a été découvert le corps du deuxième tueur présumé, mais il ne faut pas se faire trop d'illusions, le contexte est différent de Benidorm. Ils ne pourront pas y entrer.

— Ce qui veut dire que l'on ne sait toujours pas si ce type a laissé lui aussi quelque part une inscription « Teknokillers ».

— Exactement.

— Dis-leur de se débrouiller pour avoir cette info par tous les moyens possibles. Quitte à payer. C'est important. Cela nous permettrait de faire le lien entre les deux affaires et le meurtre de Clara Riopelle l'année dernière à Brocéliande au lieu d'émettre des suppositions dans l'article accompagnant la couverture. Du côté de Marc, toujours pas de nouvelles ?

— Je suis désolé, mais il est passé sous les radars depuis deux jours. Katie lui a parlé rapidement vendredi soir. Il était en Thaïlande.

— En Thaïlande ? On sait pourquoi ?

— Je n'en ai pas la moindre idée. Je sais que Katie lui a envoyé une photo de l'inscription dans la nuit de dimanche pour le faire réagir. Il n'a toujours pas répondu. Et quand j'appelle, je tombe invariablement sur sa messagerie. C'est bizarre, mais je ne sais pas quoi en penser. J'espère juste qu'il ne s'est pas fourré dans le pétrin.

2.

Lundi 23 juillet, 17 h.
Ko Klang (Thaïlande).

Marc vérifia de nouveau l'écran de son téléphone. Dans ce coin isolé, il ne captait quasiment aucun signal et la batterie continuait à donner d'inquiétants signes de faiblesses. Depuis le matin, il éteignait et rallumait le portable et tentait de joindre Katie pour lui demander des explications sur la photo qu'elle lui avait fait parvenir la veille, mais les dieux semblaient s'être ligués contre lui. Rien ne marchait. Aucun de ses appels vers la France n'aboutissait, les messages transmis par SMS restaient bloqués faute de réseau, et l'accès à Internet ne fonctionnait pas non plus. Que se passait-il en France ? Pourquoi Katie lui avait-elle envoyé cette image avec cette sinistre inscription ? Que devait-il comprendre ? La dernière fois qu'ils s'étaient parlé, Katie avait fait allusion à Jillian, à la possibilité qu'elle soit encore vivante. Pourtant, Marc n'avait pas mentionné la clé USB reçue en Bretagne. Il fallait absolument qu'il arrive à joindre la photographe. Le fait d'être précipité d'un côté dans le brouillard le plus complet, et de l'autre d'être obligé d'accompagner le mouvement pour ne pas risquer de se faire abattre à tout moment par un inconnu, le plongeait dans un bouillonnement intérieur ubuesque. La situation lui échappait. Ce qu'il détestait plus que tout. Marc aurait voulu planter là Kiefer et les deux Thaïs qui les suivaient comme des ombres depuis Bang Saphan, mais il savait qu'il n'avait aucune chance de survivre aux hommes de Chatchaï lancés à leur poursuite. Sans passeport, sans Kiefer, sans l'aide de l'armée, il n'était qu'une simple cible à abattre.

Leur minibus était maintenant à l'arrêt depuis une dizaine de minutes sur une petite route à deux voies bordées de mangroves. Ils attendaient un bac pour traverser et rejoindre l'île de Ko Lanta Yai, située à une soixantaine de kilomètres au sud de Krabi. Quelques personnes étaient descendues pour papoter et fumer des cigarettes malgré la chaleur moite de cette fin d'après-midi. Marc avisa soudain une jeune femme blonde en tongs rouges, moulée dans un short en jean effrangé, au look vaguement hippy chic. Elle s'était mise à l'écart pour téléphoner. Un moment, elle brandit l'appareil à bout de bras et tourna sur elle-même une bonne trentaine de secondes avant de le rengainer. Dépitée. Sur une impulsion, le journaliste déverrouilla la porte, quitta l'habitacle climatisé et la rejoignit rapidement. Sans bouger, Kiefer les observa pendant qu'ils discutaient, et vit Marc lui glisser de l'argent. La touriste opina de la tête, s'éloigna quelques secondes et disparut dans un autre minibus garé plus loin devant eux dans la file des véhicules. Quand la jeune femme le retrouva, elle lui tendit quelque chose. Le journaliste prit l'objet, remercia et revint sur ses pas. Lorsqu'il ouvrit la porte du minibus, il tenait fermement dans sa main droite un simple chargeur de téléphone portable. Pour remplacer celui qu'il avait abandonné dans sa chambre d'hôtel à Bangkok.

***

La nuit était tombée d'un coup de tranchoir, sans prévenir, comme souvent sous ces latitudes. Le minibus filait sur le ruban de bitume, avec la mer d'Andaman sur la droite et des lambeaux de jungle sur la gauche. Il leur avait fallu emprunter deux bacs et traverser autant d'étroits bras de mer pour rejoindre la grande île de Ko Lanta Yai. Elle s'étirait sur une trentaine de kilomètres du nord au sud depuis le microscopique port de Ban Sala Dan jusqu'à la pointe de Laem Tanod. Ici, la population était majoritairement musulmane. L'atmosphère avait changé. Cela se remarquait à de minuscules détails que Marc avait notés presque inconsciemment dans un coin de sa tête. Ici, les femmes portaient des foulards colorés pour se couvrir les cheveux lorsqu'elles se déplaçaient en scooter ou à moto. Il y avait des échoppes vendant du poulet frit au pied de petits minarets marquant l'emplacement de mosquées. Mais pas un seul des moines bouddhistes en tenue safranée qui d'habitude mendiaient dans les rues. Comme partout en Thaïlande, les boutiques de massage étaient toujours là, alignées par dizaines le long de la route.

Tous les autres passagers étaient descendus. Il n'y avait plus que cinq personnes dans le minibus : Kiefer installé sur la banquette avant, Marc sur celle du milieu, les deux soldats thaïs en civil à l'arrière et leur chauffeur. Absorbé par la musique techno de son autoradio poussé à fond, il marquait la cadence depuis une bonne demi-heure avec de petits coups sur le volant. Marc reconnut *I'm the Best*, le tube de 2NE1 entendu à Bangkok quatre jours plus tôt. Un signe du destin ? Après un dernier virage au bord de l'eau, la route s'éleva brusquement, obligeant leur conducteur à rétrograder tandis que le véhicule peinait dans la montée un peu raide. Ils firent encore quelques kilomètres à bonne allure sur la route mal goudronnée. Trouant l'obscurité, des lumières annoncèrent soudain la proximité d'un village. Le minibus ralentit aussitôt. Un des Thaïs assis à l'arrière s'avança et toucha l'épaule de Marc pour attirer son attention. Le journaliste se retourna. Le Thaï hocha la tête. Ils étaient arrivés. Devant une supérette à l'enseigne vert et orange, une demi-douzaine de boutiques vantaient des massages ou des excursions en bateaux à des prix compétitifs, tandis que des gamins riaient en faisant du vélo dans la rue principale. L'endroit où la route s'arrêtait se nommait Ao Kantiang. Deux hommes semblaient les attendre, assis sur les marches d'une boutique. Des Thaïs. Quand ils descendirent, Marc aperçut, glissé dans la ceinture de l'un d'eux, un objet qui dépassait : la crosse sombre et luisante d'une arme à feu.

3.

Lundi 23 juillet, 13 h 30.
Paris (France).

Ce n'est pas la sonnerie mais les vibrations répétées du téléphone portable glissé dans la poche de son jean qui la réveillèrent. Katie se redressa sur le lit. Désorientée, elle se demanda un moment où elle se trouvait avant de reconnaître le studio depuis lequel Yann opérait derrière ses ordinateurs. Patrick Boudou, le rédacteur en chef adjoint de *Paris Flash*, l'avait déjà tirée de son sommeil une première fois en début de matinée pour vérifier si son contact avait progressé dans sa quête de l'origine des vidéos. Katie avait interrogé du regard le hacker qui avait secoué la tête et pincé les lèvres : c'était trop tôt. Elle avait relayé le message à Patrick qui lui avait expliqué la situation – la réquisition du juge en charge de l'affaire Clara Riopelle et l'arrivée probable dans les prochaines heures d'une équipe de la cyber-criminalité.

— Peuvent-ils saisir les vidéos ? s'était inquiétée Katie.

— C'est une éventualité, avait répondu Patrick, mais, au pire, des copies ont déjà été faites.

— Et via le forum du magazine, les films ne pourraient-ils pas être consultés par les utilisateurs du site *Paris Flash* ?

— Non, a priori, il n'y aucun risque car ils n'ont pas été postés directement dessus, juste envoyés en privé sur notre mail-box. Mais, par sécurité, j'ai demandé à ce que l'on surveille tous les messages et les vidéos apparaissant sur le forum pendant le week-end. Si les films y étaient postés, ils seraient aussitôt rendus inaccessibles.

— Vous avez déjà eu une descente de ce genre ?

— Oui, cela arrive de temps en temps. Une fois, il y a quelques années, une équipe de la police judiciaire a mis la rédaction sens dessus dessous pour récupérer les négatifs d'une photo de François Mitterrand prise sur son lit de mort. Ils ont vraiment fouillé partout, sauf le collier du chien du responsable du service photo de l'époque, un gros dogue allemand. Il avait eu la présence d'esprit d'y planquer les négatifs. Aucun flic n'a osé aller taquiner le dogue qui s'est barré dans les couloirs. Bon, c'était une autre époque…

— Veux-tu que je revienne à la rédaction ? demanda la photographe.

— Non, ce n'est pas la peine. Ton hacker, il est vraiment bon ?

— Oui, c'est lui qui avait aidé Jillian à entrer en contact avec Teknokiller l'année dernière. Il avait réussi à identifier le serveur sur lequel il mettait ses musiques à disposition.

— Et combien de temps va-t-il lui falloir pour retracer l'endroit d'où les vidéos nous ont été envoyées ?

Katie répéta la question à Yann. Le hacker haussa les épaules :

— Dix minutes, deux heures ou deux jours…

***

Les vibrations s'étaient arrêtées. Katie sortit le téléphone de sa poche et sentit son cœur s'accélérer. Marc ! Marc venait de l'appeler. Enfin, il donnait signe de vie. Au bout de quelques secondes, les vibrations reprirent.

— Marc, mais où étais-tu ? demanda-t-elle, inquiète. Pourquoi n'as-tu pas appelé plus tôt ? À Paris, tout le monde te cherche.

— C'est compliqué, répondit le journaliste. Je n'avais pas la possibilité de te joindre jusqu'à maintenant. Je suis dans un hôtel au sud de la Thaïlande, je t'expliquerai une autre fois. Mais toi, dis-moi plutôt ce qui se passe en France ! J'ai vu que Patrick avait tenté de me joindre plusieurs fois, et je ne comprends pas très bien pourquoi tu m'as envoyé cette photo. J'ai juste déchiffré l'inscription « Teknokillers ». Et alors ? Qu'est-ce que ça signifie ? Est-ce en rapport avec le meurtre dont tu m'avais parlé ?

— Oui, souffla la photographe. Mais c'est compliqué aussi, ici…

— Explique-moi !

Aussi rapidement que possible, Katie résuma la terrifiante succession d'événements de ces trois derniers jours. La première vidéo accompagnée de son message tiré de l'Évangile selon saint Marc, la jeune Néerlandaise errant nue sur une plage en Espagne, le tueur retrouvé mort avec le cadavre de sa première victime dans la maison, l'inscription dans la salle de bains, le deuxième film envoyé sur la boîte mail de *Paris Flash* avec cette autre citation tirée de la Bible, l'autre jeune femme découverte dans les rues d'Amsterdam, puis ce second tueur qui s'était suicidé… Marc écouta sans broncher. Quand Katie eut fini, il resta muet.

— Je ne sais toujours pas ce que tu es allé faire en Thaïlande, lui dit-elle sur un ton de reproche à peine masqué, mais il faut que tu rentres aussi vite que possible en France. Débrouille-toi, prends le premier avion !

— Tu crois que Teknokiller est encore en vie. Tu crois qu'il essaie d'entrer en contact avec moi. C'est ça ?

À son tour, Katie resta silencieuse, ne sachant que dire. Elle entendait la respiration saccadée de Marc à l'autre bout de la ligne.

— Katie, insista-t-il. C'est ça que tu n'oses pas me dire ?

— Non, Marc, répondit la jeune femme. Ce que je n'ose pas te dire, c'est que si Teknokiller n'est pas mort, il y a une chance, une chance infime que Jillian soit toujours en vie. Il faut que tu reviennes.

Troisième Partie

Pourquoi Dieu est-il si terne, si débile, si médiocrement pittoresque ? Pourquoi manque-t-il d'intérêt, de vigueur, d'actualité et nous ressemble-t-il si peu ? Existe-t-il une image moins anthropomorphique et plus gratuitement lointaine ? Comment avons-nous pu projeter en lui des lueurs si pâles et des forces si chancelantes ? Où se sont écoulées nos énergies, où se sont déversés nos désirs ? Qui a donc absorbé notre surcroît d'insolence vitale ? Nous tournerons-nous vers le Diable (...) Et si les saints ne sont pas complètement dénués d'intérêt, c'est que leur sublime se mêle au roman et que leur éternité se prête à la biographie ; leurs vies indiquent qu'ils ont quitté le monde pour un genre susceptible de nous captiver de temps en temps... « Parce qu'il regorge de vie, le Diable n'a aucun autel : l'homme se reconnaît trop en lui pour l'adorer ; il le déteste à bon escient ; il se répudie, et entretient les attributs indigents de Dieu. Mais le Diable ne s'en plaint pas et n'aspire point à fonder une religion : ne sommes-nous pas là pour le garantir de l'inanition et de l'oubli ? »

Précis de décomposition – Émile-Michel CIORAN

Chapitre 18

« ... I see a red door and I want it painted black
No colors anymore I want them to turn black
I see the girls walk by dressed
in their summer clothes
I have to turn my head until my darkness goes... »

« ... Je vois une porte rouge
et je veux la peindre en noir
Plus aucune couleur,
je veux qu'elles deviennent noires
Je vois les filles qui marchent dans leurs robes d'été
Je dois détourner la tête
jusqu'à ce que ma noirceur disparaisse... »

Paint It Black – The Rolling Stones

News... News... News...

La société Apple réclame 2,5 milliards de dollars à Samsung – Le footballeur David Beckham confirme qu'il participera à la cérémonie d'ouverture des jeux Olympiques – Après la tuerie aux États-Unis, les premières séances du film Batman *mises sous surveillance en Allemagne – Ségolène Royal boude l'université d'été PS de La Rochelle – Secret Story : Capucine embrasse enfin Yoann à pleine bouche.*

1.

Mercredi 25 juillet, 22 h 45.
Île de Ko Muk (Thaïlande).

Une nouvelle fois, Kiefer vérifia l'heure à sa montre. Selon le timing qu'il s'était fixé, il ne lui restait plus que cinq minutes avant de lancer l'opération. L'ancien commando jeta un coup d'œil à l'avant de l'embarcation, où il distinguait dans la moiteur étouffante de la nuit tropicale la silhouette de Marc Torkan. Visage tourné vers la terre, le journaliste était étendu à plat ventre contre l'un des boudins du Zodiac avec lequel ils avaient fait le trajet tous feux éteints jusqu'à Ko Muk, depuis la pointe sud de Ko Lanta Yai. Les deux îles étaient éloignées d'une douzaine de miles. L'air était clair mais pesant, chargé d'une humidité poisseuse. La lune n'était pas encore pleine et restait dissimulée par des nuages lents, lourds et épais. Il n'y avait pas un souffle de vent. Juste un léger clapotis qui battait les flancs du bateau. À quelques dizaines de mètres vers l'est, sur les eaux calmes de la mer d'Andaman et du détroit de Malacca, Kiefer pouvait entrevoir l'autre embarcation qui les avait escortés jusque-là. Il tourna la tête. Au loin, vers le large en direction de l'ouest, les feux rouges et verts des gros chalutiers qui avaient quitté le port de Krabi au crépuscule pour pêcher la crevette et le calamar scintillaient par intermittence pour signaler leur présence. Tous alignés. Le souvenir du tsunami de 2004 était encore dans les mémoires. Aujourd'hui, les prises se faisaient plus rares. Chaque fois, il était nécessaire de s'écarter des côtes. Même si la vague mortelle les avait traumatisés pour des générations, les pêcheurs musulmans n'avaient plus le luxe de rester à quai. Il leur fallait prendre la mer de nouveau et oser affronter les brusques colères de l'océan Indien. Il y avait des familles à nourrir, des enfants à élever. Une trentaine de bateaux s'égrenaient ainsi du nord au sud. Kiefer leva une mini-torche qu'il braqua en direction de l'autre Zodiac et masqua trois fois de la main gauche le pinceau lumineux pour signifier à leurs guides qu'ils pouvaient dorénavant les abandonner à leur destin. Au bout de quelques secondes, il entendit le vrombissement discret du moteur électrique s'éloigner. Ils étaient désormais seuls en piste. Kiefer aurait préféré ne pas entraîner Marc avec lui dans cette mission, cependant il n'avait pas vraiment eu le choix. À l'origine, il avait pourtant prévu d'aller sans personne sur l'île. Mais depuis cette nuit, les choses avaient soudain pris un tour personnel. Il en convenait maintenant : le journaliste avait aussi gagné le droit d'être présent à ses côtés. Marc était impliqué. Comme lui. Le militaire reporta son attention sur le rivage proche de l'île dont les contours se fondaient dans les ténèbres. Ils étaient tout au nord de Ko Muk, à moins d'un kilomètre de l'embarcadère principal sur lequel accostaient les navettes venant du continent, ou des îles de Ko Lanta Yai et de Ko Phi-Phi. Selon les cartes et les photos qu'il avait longuement consultées, la petite baie encaissée entre deux pointes rocheuses était bordée de sable, de cocotiers et de palétuviers. Celle plus à l'ouest leur faisait face et formait comme une griffe qui plongeait dans la mer. Depuis leur position, la maison qu'ils visaient était quasi invisible, dissimulée au milieu des arbres, à peine signalée par quelques faibles lueurs. L'ancien membre de l'unité Sayeret Matkal avait passé les deux derniers jours à préparer méthodiquement cette opération avec les petits moyens à sa disposition. Les deux Thaïlandais qui les avaient accueillis à l'arrivée de leur minibus à Ao Kantiang n'étaient pas des perdreaux. Malgré le débraillé apparent de leurs tenues, Kiefer avait vite identifié deux membres des forces spéciales appartenant nécessairement aux Royal Thai Navy Seals, sans que jamais ils s'en revendiquent. Laconiques, ils avaient pris en charge les deux Occidentaux et les avaient emmenés après une courte marche jusqu'à un hôtel bâti sur deux étages, dont l'architecture arrondie et les mosaïques bleutées ornant les murs blanchis évoquaient davantage un petit coin d'Espagne ou de Portugal que l'Asie. L'endroit proposait une quarantaine de chambres qui donnaient sur une grande plage de sable gris en forme de demi-lune. Avec les deux autres soldats en civil qui les avaient protégés ou plutôt surveillés pendant le long voyage en minibus, ils n'étaient que six à occuper les lieux. Comme si l'hôtel avait été vidé à dessein de ses occupants. Même le personnel semblait aux abonnés absents. Un camp de base idéal et discret. Les soldats des forces spéciales thaïes avaient préparé le terrain en effectuant des reconnaissances de jour et de nuit. Les photos de la côte de Ko Muk avaient été scotchées sur les murs d'une des chambres. Sur certaines, on distinguait des hommes en armes. Kiefer demanda combien. L'un des militaires fit signe avec ses deux mains écartées qu'ils en avaient compté entre cinq et six. Il indiqua sommairement leurs positions sur une des cartes affichées, mais montra que les hommes se déplaçaient souvent et effectuaient des rondes. En matière de reconnaissance, ces informations étaient sommaires, mais suffisantes pour lancer un assaut. Depuis quelques heures, Kiefer avait aussi eu confirmation de l'identité de sa cible. M. X avait cessé d'être un inconnu. Il n'était plus simplement une cible à abattre qui leur permettrait de quitter la Thaïlande sains et saufs. L'ordure qui se terrait sur cette île protégée par ses gardes avait amplement mérité de mourir. Il se chargerait de l'envoyer aux portes des enfers. Un goût ferreux de sang envahit soudain sa bouche. Kiefer jura en silence. Il s'était mordu la lèvre inférieure. Il n'avait jamais beaucoup pratiqué, mais un vieux psaume biblique appris dans son enfance lui était revenu en mémoire. Il se le récita *in petto* : « … Qui prend garde à la force de ta colère, et à ton courroux, selon la crainte qui t'est due ? »

***

À 3 h 15 pile, les tirs avaient commencé. Les six soldats israéliens de l'unité Sayeret Matkal avaient investi la maison de Sheih Radwan en quelques secondes, troublant le silence de la nuit qui régnait dans la bande de Gaza. Leur objectif était dans une chambre à l'étage, comme prévu – un militant du mouvement islamiste Hamas nommé Abou Hamid. Kiefer l'avait abattu d'une rafale d'arme automatique. Il avait pris soin de vérifier que l'homme était bien mort, puis avait photographié le corps sans vie pour sa hiérarchie avant de quitter la pièce. Le tout avait pris moins de cinq minutes. À l'extérieur, les tirs avaient cessé. Sur un signe de la main, le soldat en soutien avait décroché et dévalé l'escalier. C'est à ce moment que tout avait basculé. Un adolescent mince aux yeux sombres vêtu d'un simple slip avait surgi de nulle part. Il serrait entre ses mains une Kalachnikov trop lourde pour lui. Comme dans un film, l'enfant avait épaulé et braqué l'arme sur lui. Kiefer avait vu son index qui s'apprêtait à presser la détente. Mais le gamin n'en avait pas eu le temps. En un mouvement réflexe, l'Israélien avait levé son arme et lâché une courte rafale, lui transperçant le torse. L'adolescent s'était lentement affaissé le long du mur en fixant le commando israélien d'un œil étonné. Comme s'il n'arrivait pas à réaliser qu'il était en train de mourir et que la vie l'abandonnait.

Trois mois plus tard, Kiefer quittait les forces spéciales. Il s'était promis de ne plus jamais tuer un innocent...

2.

Mardi 24 juillet, 17 h.
Paris (France).

— Katie, c'est Yann. Où es-tu ?

— À la rédaction de *Paris Flash*, répondit la photographe. As-tu réussi à localiser les adresses IP ?

— Viens, ordonna le hacker d'une voix sourde. Tout de suite !

Le jeune homme aux cheveux bouclés raccrocha sans autre explication. Il reporta son regard sur l'écran de son ordinateur dont il avait coupé le son, comme aimanté. Les images du film qui y défilait lui donnaient pourtant à la fois l'envie de vomir et de pleurer.

***

Moins d'une heure plus tard, la photographe arrivait au studio. Troublée, inquiète. Plusieurs fois, Katie avait essayé de rappeler Yann pendant le trajet en taxi pour en savoir plus. En vain. Qu'avait-il découvert ? Et pourquoi ne voulait-il rien lui dire au téléphone ? Elle tapa le code de l'immeuble et grimpa les cinq étages aussi vite que possible. Elle s'apprêtait à tambouriner à la porte blindée, mais celle-ci était déjà entrouverte. Katie stoppa net. Que se passait-il ? Yann avait-il été agressé ? Pourquoi ne répondait-il pas ? Une nouvelle fois, elle composa son numéro de téléphone. Le bruit répété d'une sonnerie venant du petit appartement lui indiqua que l'appareil était resté dans la pièce. Mais Yann ne décrocha pas. Tous les sens en alerte, la photographe s'approcha et poussa la porte avec précaution. Elle entra. Elle ne savait pas à quoi s'attendre. Le meilleur ami de Jillian était là. Vivant. Il pivota vers l'Américaine. La mine défaite. Les yeux rougis.

— Yann, ça va ? demanda-t-elle en s'avançant, alarmée.

L'informaticien ne répondit rien. Il tourna doucement l'écran de l'ordinateur dans sa direction. Katie fit quelques pas jusqu'à presque le toucher, puis se pencha pour mieux voir. Au départ, elle ne distingua rien. Puis ses yeux s'habituèrent. Il lui fallut quelques secondes pour comprendre… et admettre ce que son cerveau s'était refusé à analyser. Une femme à la peau mate était allongée à l'horizontale sur une table en bois clair. Elle était nue, le sexe rasé, les jambes écartées en triangle. Ses chevilles étaient immobilisées par de larges attaches en cuir passées dans des anneaux de métal. Ses poignets étaient sanglés au-dessus de sa tête par des liens identiques. La paume de chacune de ses mains ensanglantées était transpercée par un épais clou en acier. Comme un gros poinçon. Les yeux grands ouverts de la femme fixaient quelque chose d'invisible à droite, hors champ. Soudain, ils se fermèrent tandis que sa bouche se tordait dans un cri que Katie ne put entendre, Yann ayant coupé le son pour ne pas ajouter l'horreur du son à celui des images. Le dos nu tatoué d'un immense dragon bleu, rouge et vert, un homme massif venait d'apparaître. Son visage était masqué. Il était dévêtu jusqu'à la ceinture et serrait dans sa main droite une longue et fine tige d'acier. Lentement, il l'approcha du sexe de la jeune femme, frôlant ses cuisses. Sans la toucher. Le tortionnaire continua son jeu macabre quelques secondes, effleurant le pubis. Comme s'il cherchait à prolonger le plaisir. La femme avait cessé de hurler et suivait, avec des yeux d'animal affolé, les mouvements imprimés au dard de métal par l'homme tatoué. Soudain, elle se cabra. Dévastée par la morsure de l'aiguillon électrique qui lui fouaillait les entrailles. L'écran devint noir. Yann avait coupé l'image.

— Qu'est-ce que c'est que cette abomination ? chuchota Katie, le cœur au bord des lèvres.

— Une femme en train de mourir, répondit Yann, dont les mots s'entrechoquaient. Dessus… Je suis tombé dessus pendant que je travaillais sur l'origine des vidéos postées sur le site de *Paris Flash*.

— Est-ce que c'est l'une des victimes d'Espagne ou des Pays-Bas ?

— Non, assura le hacker retrouvant un début normal. Le signalement ne correspond pas. Les deux étaient rousses. Celle-ci est brune et asiatique. Il s'agit d'autre chose.

— Comment ça ? Je ne comprends pas. Qu'est-ce que tu veux dire ?

— Cet après-midi, j'ai identifié le serveur d'où les vidéos ont été envoyées à *Paris Flash*. J'ai réussi à y pénétrer en piratant les codes. Je suis tombé sur ça. Il y en a une quinzaine.

— Une quinzaine de quoi ? demanda Katie, sentant une onde glacée lui électriser la nuque.

— C'est un serveur ultra-privé qui ne fonctionne qu'entre des ordinateurs mis en réseau. Comme l'équivalent d'un mini-Internet. Seuls les membres y ont accès. Ils peuvent acheter et visionner les vidéos qui y figurent. J'ai compté plus d'une quinzaine de films. Chaque fois, une femme s'y fait violer, torturer et assassiner.

— Jillian ? interrogea Katie, la boule au ventre.

— Non, répondit Yann en clignant les yeux. Elle n'y figure pas.

— Et l'adresse IP de l'ordinateur ?

— Je ne comprends pas.

— Les films postés sur le site de *Paris Flash*, le pressa Katie, d'où ont-ils été envoyés ?

— De Thaïlande. Plus précisément d'une petite île située dans le sud du pays.

3.

Mercredi 25 juillet, 23 h.
Île de Ko Muk (Thaïlande).

L'embarcation vint s'échouer en douceur sur le rivage. Marc sauta sur la grève. Bien que léger, son gilet pare-balles le gênait un peu dans ses mouvements. Kiefer avait insisté pour qu'il en revête un comme lui. Pour la première fois de sa vie, Marc tenait dans sa main droite une arme. Un pistolet-mitrailleur Uzi fiable et compact fourni par les militaires thaïlandais. Kiefer lui en avait sommairement expliqué le maniement dans la journée. Marc n'était pas un soldat, encore moins un tueur. Il n'avait jamais tiré sur un homme. Jusqu'à ce soir… Une rage sourde lui rongeait le ventre. La veille au soir, tard, Katie l'avait appelé pour l'avertir. Les deux vidéos reçues sur la boîte mail de *Paris Flash* avaient été envoyées depuis un ordinateur dont l'adresse IP était localisée par des serveurs sur l'île de Ko Muk. Cela ne pouvait pas être une coïncidence si son enquête sur le meurtre d'une escort-girl à Bangkok le menait aussi à cet endroit. Comme si tout convergeait. Comme si quelqu'un les manipulait depuis le début de cette affaire. Lui, Katie, ainsi que Kiefer et Simohna Sheraïm. Comme si tout était prévu.

***

Mardi 24 juillet, dans la nuit.
Île de Ko Lanta Yai (Thaïlande).

Quand Marc avait raccroché avec Katie, il était plus d'une heure du matin en Thaïlande. Située au rez-de-chaussée, la chambre de son hôtel à Ko Lanta Yai donnait directement via une large porte-fenêtre sur une petite terrasse dallée de pierres. Celle-ci se prolongeait par un jardin. Torse nu, vêtu d'un simple caleçon, le journaliste était sorti. Il avait abandonné ses tongs et foulé du pied l'herbe humide jusqu'à parvenir au muret de ciment qui bordait la plage. Il s'y était assis, laissant la brise venue du large lui caresser le visage. Marc avait longuement regardé la mer couleur pétrole. Elle luisait par intermittence dans le feu croisé des lumières de la côte. Ko Muk était là-bas. Invisible. Le sang battait douloureusement le long de ses tempes. Son cœur cognait trop fort. Inspire, expire. Inspire, expire. Il avait fini par s'apaiser. Teknokiller était en vie. Il en était désormais certain. Sinon, tout cela n'avait aucun sens. Mais Jillian ? Était-il trop tard ? Jillian était-elle encore en vie ? Toujours les mêmes questions. Sans réponse. Avec l'ongle du pouce, il caressa la clé USB argentée autour de son cou. Il n'était ni religieux ni mystique, mais il ne put s'empêcher de murmurer comme un mantra les mots d'une prière. « Notre Père qui es aux cieux… »

Il se leva et retourna à l'hôtel. Il fallait maintenant qu'il ait une discussion avec Kiefer. Celui-ci avait pris une chambre contiguë à la sienne qui s'ouvrait aussi sur la plage. L'Israélien ne dormait pas. La lueur rouge orangé d'une cigarette révéla à Marc qu'il veillait, à demi allongé sur une des banquettes qui flanquaient sa propre terrasse.

— Je t'attendais, dit-il en guise d'accueil.

— Je connais l'identité de celui que tu t'apprêtes à tuer, répliqua Marc. Demain soir, je t'accompagne sur Ko Muk.

L'ancien commando hocha la tête.

— Quand il fera jour, je t'apprendrai à te servir d'une arme. Et maintenant, raconte-moi !

Marc prit une cigarette dans le paquet que lui tendait Kiefer. Il s'assit face à l'Israélien, tira une longue bouffée, souffla sans hâte et commença son récit. Il parla du premier meurtre en Bretagne, celui de Clara Riopelle, des débuts hasardeux de son enquête avec Katie Jeckson, du deuxième meurtre qu'ils avaient découvert en Thaïlande, celui de Nava Sheraïm, puis de la façon dont ils s'étaient introduits dans l'univers de la musique techno grâce à Jillian. Le journaliste raconta ensuite leur expédition en Ukraine au festival de KaZantip, puis ce qui s'était passé aux Canaries avec une troisième victime dont le corps mutilé avait été retrouvé après une rave-party. Attentif, Kiefer écoutait sans l'interrompre. Marc alluma une nouvelle cigarette. Le Breton aurait préféré un de ses cigarillos à la fumée âcre qui lui donnaient l'impression de lécher du goudron, mais il aurait fallu qu'il retourne dans sa chambre. L'Israélien attendait. Patient. Le journaliste reprit son récit. Sans s'attarder sur les détails, il expliqua comment Jillian était entrée en contact avec le tueur, puis comment elle lui avait menti et s'était envolée pour Bali, persuadée qu'elle pouvait danser avec le diable. Enfin, il décrivit l'incendie de la discothèque Kudeta, la mort de la DJette et d'Ulrich Ladik, alias Teknokiller, annoncée par les autorités indonésiennes. Arrivé à ce point de son histoire, le journaliste s'était soudain tu.

— Et… c'est tout ? s'étonna Kiefer.

— Non. Il y a quelques mois, j'ai reçu cette clé USB, reprit le journaliste en désignant l'objet qui pendait à son cou. Dessus, il y avait un fichier électronique avec une vidéo de Jillian. Je me suis remis à espérer qu'elle soit en vie.

— Tu l'aimes ?

Marc ne répondit pas tout de suite. Il téta sa cigarette et expira aussitôt un long jet de fumée.

— Quand Simohna m'a contacté, j'ai eu l'impression qu'on me sortait d'un trou. Enfin, je pouvais agir.

— Pourquoi n'as-tu pas cherché à identifier celui qui t'avait envoyé cette clé ?

— À cause du message qui l'accompagnait. Il m'a paralysé.

— Que disait-il ? demanda Kiefer.

Le journaliste resta silencieux.

— Alors ? insista l'Israélien.

— Attends. Regarde. Écoute… Et rejoue.

— Tu attendais que Teknokiller te contacte ?

— Je l'espérais, même.

— L'a-t-il fait ?

— Oui, mais je viens seulement de le comprendre. Il me manipule depuis le début. Ainsi que toi, et Simohna ! Si nous sommes venus enquêter à Bangkok, ce n'est pas par hasard. C'est lui qui nous y a appelés.

— Que veux-tu dire ?

— Teknokiller est M. X, répondit Marc.

— Qu'est-ce qui te fait affirmer ça de façon si catégorique ?

Le journaliste résuma ce qui se passait depuis quelques jours en Europe, les étranges vidéos envoyées sur le site de *Paris Flash*, les jeunes femmes assassinées en Espagne et aux Pays-Bas, et l'enquête qu'avait menée de son côté Katie Jeckson avec Yann, le hacker.

— Et l'adresse IP de l'ordinateur à partir duquel les films ont été envoyés correspond à l'île de Ko Muk ? demanda Kiefer. Il s'était mis debout et avait fait quelques pas en direction de la mer.

— Exactement, répondit Marc.

— Bien, il est temps que tu saches certaines choses sur mon compte, lâcha Kiefer en se retournant. Je ne t'ai pas suivi en Thaïlande pour te protéger ou te surveiller, ni même pour tuer un homme. Je suis venu ici pour rendre la justice. Il n'y a pas de coïncidence dans la vie, juste l'illusion de la coïncidence.

— Qu'est-ce que ça signifie ?

— En t'engageant, Simohna n'espérait qu'une seule chose, en réalité. Que tu nous mènes jusqu'à Ulrich Ladik, alias Teknokiller, l'homme qui a torturé et tué Nava. Elle avait la conviction que ce salopard était encore en vie. Je suis allé moi-même à Bali, et je me suis procuré les rapports d'autopsie des victimes. La plupart étaient incomplets et ne permettaient pas de véritable identification. Mais le doute s'est installé. Il y a quelques mois, un de nos contacts en Indonésie nous a fait part d'une rumeur concernant un Occidental qui aurait payé une forte somme pour quitter l'île en toute impunité avec la protection de certains policiers quelques jours après l'incendie. Cet homme était accompagné d'une jeune femme aux cheveux roux. Nous ne savions pas qui elle était. En parallèle, Simohna a diligenté une enquête discrète en France te concernant puisque tu étais l'un des seuls à avoir approché le tueur. C'est là que nous avons fait le lien avec Jillian. Simohna était persuadée que, s'il l'avait gardée en vie contrairement à ses anciennes victimes, c'était pour une seule raison : Teknokiller chercherait un jour ou l'autre à entrer en contact avec toi. Le meurtre de cette Occidentale à Bangkok a servi de prétexte bien réel pour te recruter, sans savoir que la fondation *Vet Uriel* avait été piégée.

***

Kiefer rejoignit Marc en silence. Ils traînèrent le Zodiac sur le sable jusqu'aux premiers arbres de la forêt tropicale. Ils abandonnèrent l'embarcation et s'enfoncèrent dans la jungle humide et dense de Ko Muk. D'après les discrets repérages effectués les jours précédents par les hommes du commandant Viroj, il y avait moins d'une demi-douzaine de gardes du corps pour protéger la propriété. C'était à la fois peu et beaucoup. Peu, parce qu'avec son passé militaire, Kiefer s'estimait largement capable de les neutraliser. Beaucoup, car si l'un d'eux arrivait à alerter les autres, il n'aurait que Marc en soutien. Et le journaliste n'était pas un militaire. Juste un homme armé en colère.

La maison se dressait maintenant à moins d'un kilomètre sur leur gauche. Située au nord de l'île, la propriété était complètement isolée, accessible soit par la mer, soit par un simple chemin de terre qui débouchait sur un village de pêcheurs avec quelques commerces, des bungalows pour touristes et un quai pour assurer la liaison avec le continent. Ils marchèrent en direction du sud. La végétation tropicale se faisait de plus en plus dense, rendant leur progression difficile, mais Kiefer voulait profiter du couvert des arbres pour s'approcher au plus près sans être repérés. Il sentit l'odeur âcre du tabac avant même de distinguer les lumières de la maison. D'un geste, il ordonna à Marc de ne plus bouger et se glissa vers la lisière de la jungle. Les arbres avaient été abattus pour planter une large étendue de gazon au milieu de laquelle scintillaient les eaux bleutées d'une piscine longue d'une vingtaine de mètres. La maison était derrière. Kiefer se mit à plat ventre et avança en rampant. Puis il patienta. En comptant les pulsations ralenties de son cœur. L'attente ne dura pas. Le rougeoiement d'une cigarette lui indiqua la position des gardes. Ils étaient trois et ne se cachaient pas.

***

Marc essaya de faire le vide dans son esprit. Trop d'informations s'y bousculaient. Il sentait son cœur battre trop vite, son ventre noué par un mélange de haine absolue et d'angoisse indicible. Le contact du métal entre ses mains le ramena brusquement à la réalité. Il relâcha sa prise sur la crosse du pistolet-mitrailleur. Kiefer lui avait ordonné de ne pas bouger, mais il n'aspirait qu'à une seule chose à ce moment précis : se lever et courir vers cette maison maudite en lâchant des rafales sur tous ceux qui oseraient se mettre en travers de son chemin. Le Diable était à quelques mètres à peine. Ce salopard les avait attirés jusqu'à son antre. Dans quel but ? Marc n'en avait aucune idée. Il songea de nouveau au message reçu quelques mois plus tôt.

« ATTENDS. REGARDE. ÉCOUTE... ET REJOUE. »

Le sens de ces quelques mots demeurait encore mystérieux, mais il lui restait un infime espoir, auquel il s'accrochait. Jillian. Après tout ce temps, se pouvait-il qu'elle soit encore en vie ? Teknokiller l'avait-il épargnée ? Et s'il ne l'avait pas tuée, que lui avait-il fait subir depuis la dernière fois qu'il l'avait vue ? Il caressa comme un gri-gri la clé USB suspendue autour de son cou.

« Est-ce que tu m'aimes ? » lui avait-elle demandé.

S'il n'y avait plus de raison d'aimer, il lui resterait au moins la haine.

Chapitre 19

« ... I look inside myself and see my heart is black
I see my red door and it has been painted black
Maybe then I'll fade away
and not have to face the facts
It's not easy facing up
when your whole world is black... »

« ... Je regarde au fond de moi
et je vois mon cœur noir
Je vois ma porte rouge
et elle a été repeinte en noir
Peut-être qu'ensuite je disparaîtrai
et je n'aurai pas à affronter la réalité
Ce n'est pas facile de faire front
lorsque tout ton univers devient noir... »

Paint It Black – The Rolling Stones

News... News... News...

Jeux Olympiques 2012 : neuf athlètes exclus pour dopage alors que la compétition n'a pas commencé

– Le chanteur Pete Doherty accusé de plagiat par un poète punk – États-Unis : des centaines de catholiques convergent vers le New Jersey pour une apparition miraculeuse de la Vierge – France : nouvelle flambée du chômage à 0,8 % – Un vaccin prometteur contre la dengue découvert en Thaïlande.

Mercredi 25 juillet, 23 h 35.
Île de Ko Muk (Thaïlande).

Il n'y avait pas eu de coups de feu. Juste une ombre qui se faufilait entre les arbres. S'il n'avait pas suivi sa progression, Marc n'aurait sans doute jamais repéré Kiefer. Allongé dans la végétation, il était à quelques mètres de trois des gardes qui protégeaient la maison.

***

23 h 40.

Les trois gardes du corps thaïlandais rassemblés près de la plage réagirent trop tard. Le premier à mourir fumait tranquillement sa cigarette lorsque l'Israélien lui enfonça une fine dague longue de sept pouces à la base du cou. Il vrilla l'arme dans la jugulaire de sa victime et, de l'autre main, tira d'un coup sec sous le menton jusqu'à sentir le corps s'affaisser entre ses doigts. L'ancien commando retira la dague, se glissa sur le côté et se jeta d'un mouvement vif sur le deuxième Thaï pétrifié qui le regardait s'avancer sans bouger. Kiefer lui planta l'arme encore ensanglantée en plein cœur. L'homme s'écroula à son tour. Le troisième avait fait un pas en arrière et s'était mis en garde. Les deux poings levés devant le visage, il affectait la posture d'un pratiquant expérimenté en arts martiaux. Kiefer s'avança, la dague pointée en avant. L'homme recula de nouveau.

***

23 h 43.

Prudent, le garde du corps attendait l'assaut de Kiefer. Il jaugeait cet adversaire inconnu qui venait d'éliminer en quelques secondes deux hommes entraînés. L'Israélien s'approcha d'un pas. Le Thaïlandais recula de nouveau. Il avait les yeux rivés sur la dague que tenait le commando. Kiefer la lâcha soudain. Son adversaire en profita et s'élança pour lancer un formidable coup de pied visant son visage. Au lieu de se protéger, Kiefer s'avança dans la garde de son adversaire, dont la jambe ne rencontra que le vide. De la paume de la main, il lui enfonça la cage thoracique, puis son pouce vint transpercer comme un croc sa gorge sans défense, stoppant net le cri d'alarme que le Thaï s'apprêtait à pousser. Le combat avait duré moins de trois minutes. Kiefer récupéra sa dague, l'essuya dans l'herbe et reprit sa respiration. Il revint sur ses pas et ramassa près du premier mort le fusil-mitrailleur Kalachnikov que celui-ci n'avait pas eu le temps d'utiliser. Il restait encore trois gardes à éliminer.

***

23 h 50.

Un coup de feu déchira le silence de la nuit. Suivi d'une autre détonation. À l'abri sous le couvert de la jungle, Marc repéra un garde près de la maison, éclairé par les lueurs bleutées de la piscine. L'homme tenait à bout de bras un pistolet. Il tira de nouveau en direction de la plage où gisaient les corps des trois Thaïlandais éliminés par Kiefer. Il cria quelque chose. Un deuxième homme surgit à ses côtés. Armé, lui aussi. Les deux gardes, surpris, cherchaient l'adversaire invisible qui semait la mort parmi eux. Comme Kiefer avait disparu, avalé par les ombres mouvantes de la nuit, ils s'avancèrent avec prudence vers la plage.

***

23 h 53.

Il n'y eut qu'une seule rafale. Les deux gardes s'écroulèrent au même moment, fauchés par les balles de l'arme de guerre. L'Israélien sortit de l'ombre et s'approcha des deux corps que la vie quittait rapidement. Il acheva les deux hommes d'une balle dans la tête et se dirigea vers la maison.

***

23 h 58.

Kiefer s'arrêta net à une cinquantaine de mètres de l'habitation à peine éclairée. Un genou à terre, il resta un long moment à l'examiner, guettant le moindre mouvement. Satisfait de son examen, il se tourna en direction de l'épaisse végétation sous laquelle était encore dissimulé Marc. Il lui fit signe de le rejoindre. Le journaliste sortit du couvert, agrippant des deux mains son arme, et commença à courir à demi courbé pour le retrouver. Un cri étouffé lui fit lever la tête. Il s'arrêta. D'un geste pressant, Kiefer lui indiquait de contourner la piscine pour arriver sur la maison par la droite, afin que tous deux tiennent la position en tenaille. Marc fit signe qu'il avait compris et changea de trajectoire. Il parcourut quelques mètres et sentit son pied gauche déraper dans l'herbe. Il s'étala de tout son long sans lâcher son pistolet-mitrailleur. Confus, il se releva aussitôt. De l'autre côté de la piscine, Kiefer suivait sa progression. Marc leva la main gauche pour signifier qu'il allait bien. Quelque chose à la périphérie de son champ de vision attira son attention. Porté par un souffle d'air, un léger voilage dansait mollement dans l'espace entre les portes-fenêtres grandes ouvertes de la maison. Un homme apparut. Le Thaï braquait une arme dans sa direction. Marc voulut tirer, mais rien ne se passa. Il ferma les yeux. Sur sa droite, il entendit le fracas sec d'une Kalachnikov, puis une nouvelle rafale. Quand il rouvrit les yeux, le sixième et dernier garde gisait éventré sur la terrasse, à quelques mètres des eaux bleutées de la piscine. De l'autre côté, Kiefer était allongé sur le flanc, une main sur la poitrine. Il haletait. Avant de mourir, son adversaire avait eu le temps de presser la détente et de toucher l'Israélien. Les balles perforantes de l'arme de guerre avaient transpercé son gilet pare-balles comme s'il s'agissait d'une vulgaire feuille d'aluminium.

Marc rejoignit Kiefer. Une mare de sang commençait déjà à tacher l'herbe. Il se pencha sur l'Israélien et voulut arrêter l'hémorragie, mais Kiefer le repoussa.

— C'est foutu, grogna-t-il. Il ne m'a pas loupé.

— Tiens le coup ! Je vais trouver quelque chose.

Marc tournait la tête de droite à gauche, cherchant un moyen de stopper le flot de sang. Il sentit une main, celle de Kiefer, l'agripper par son T-shirt.

— Laisse tomber. J'ai un truc à te dire.

L'Israélien peinait de plus en plus à respirer. Il avait du mal à parler. Un filet de sang s'écoulait de ses lèvres.

— Mon nom…

— Oui, je t'écoute. Je suis là.

— Mon nom, reprit l'ancien commando en déglutissant avec difficulté, mon vrai nom, c'est Rivlin. David Rivlin. Je suis l'oncle de Nava… Tu comprends ? Nava était mon sang. Il faut qu'il meure ! Tue-le !

Son torse tressaillit une dernière fois, et il s'affaissa. Mort. Marc le laissa aller entre ses bras, le déposa à terre et lui ferma les yeux. Puis il serra les poings et se releva. Désormais, il était seul. Comme si tout cela avait été écrit à l'avance. Lui et Teknokiller. Face à face. Dans sa poitrine, son cœur gorgé d'adrénaline cognait à tout rompre.

BOOM-BOOM-BOOM

Il posa la main droite sur son torse et réalisa que le

son venait aussi de la maison. Le rythme saccadé d'une musique électro portée par des baffles puissants filtrait par les portes-fenêtres entrouvertes. Une mélodie qu'il connaissait bien pour l'avoir écoutée des centaines de fois, celle qui accompagnait le film de Jillian figurant sur la clé USB.

Marc se dirigea vers la maison. Un voile rouge l'empêchait de réfléchir. Le sang lui battait les tempes. Une colère primitive guidait ses pas. Il voulait tuer.

Chapitre 20

« ... I wanna see it painted black, painted black
Black as night, black as coal
I wanna see the sun, blotted out from the sky
I wanna see it painted, painted,
painted, painted black... »

« ... Je veux le voir peint en noir, peint en noir
Noir comme la nuit, noir comme le charbon
Je veux voir le soleil s'effacer dans le ciel
Je veux le voir peint, repeint, couvert de noir... »

Paint It Black – The Rolling Stones

News... News... News...

Corée du Sud : Kim Jong-Un s'est marié – L'actrice Kirsten Stewart s'excuse d'avoir trompé son compagnon Rob Pattinson – Alep (Syrie) : les révoltés affrontent les chars de l'armée régulière – Madonna s'explique sur la croix gammée et Marine Le Pen – Thaïlande : cinq policiers tués dans l'extrême sud du pays dans un attentat à la bombe – James Holmes, le tueur de Denver, avait annoncé ses intentions dans un colis adressé à un psychiatre de son ancienne université.

1.

Jeudi 26 juillet, 0 h 08.
Île de Ko Muk (Thaïlande).

— Je suis déjà mort…

Ulrich Ladik gisait sur une large paillasse posée à même le sol de sa chambre. L'endroit était immense, à demi plongé dans la pénombre. Il y flottait des odeurs mêlées de médicaments, de sueur rance et d'encens comme pour une cérémonie funèbre. Seules des dizaines de mini-bougies alignées dans des coupelles en verre donnaient un peu de lumière à la pièce. Leurs flammes dessinaient des apparitions fugaces sur les murs ocre. La tête calée contre plusieurs oreillers, celui que les médias avaient baptisé Teknokiller et que les triades chinoises faisaient travailler sous le nom de M. X n'était plus que l'ombre d'un homme. Pourtant, il souriait crânement. Son unique rencontre avec Marc Torkan remontait à près d'un an. C'était sur une plage de Bali au milieu de milliers de raveurs dansant au rythme de la musique techno comme si la fin du monde était proche. Cette nuit-là, le 23 août dernier, Jillian, la DJette dont le journaliste venait de tomber amoureux, avait pris un risque démesuré : celui de répondre à l'invitation de Teknokiller. Inconsciente, la jeune femme imaginait avoir créé un lien spécial avec le DJ tueur, qui l'empêcherait de passer à l'acte et le forcerait à découvrir son identité. Une pure folie. Les événements avaient dérapé. L'arrivée imprévue de Marc et Katie au Kudeta, la discothèque en plein air qui organisait la rave-party, avait précipité les choses. Ulrich Ladik avait soudain compris que Jillian, dont il avait espéré faire une sorte de disciple, jouait un double jeu. Le tueur en série avait déclenché un incendie pour faire diversion et poignardé Marc au milieu de la foule, tout en entraînant à sa suite la DJette, droguée au GHB comme ses précédentes victimes. Le journaliste n'avait dû la vie sauve qu'à l'intervention *in extremis* de la photographe qui, en se jetant sur Teknokiller, l'avait empêché de lui porter un autre coup fatal. Le feu, avivé par les voilages qui servaient de décoration à la fête, avait semé une violente panique, provoquant la mort de cinquante-trois personnes, en blessant des dizaines d'autres. Tout cela s'était déroulé voilà à peine moins d'un an ; pour Marc cela semblait une éternité. Dans ses mains, l'assassin amaigri serrait une arme de poing dont le canon était braqué vers le journaliste.

— … Et c'est vous, Marc Torkan, qui allez me tuer. Mais auparavant, vous allez devoir m'écouter. J'ai tant de choses à vous raconter.

Il jubilait. Une lueur malsaine dansait au fond de ses pupilles.

— Où est Jillian ? s'écria Marc, prêt à bondir sur le tueur qui le tenait en joue. Qu'avez-vous fait d'elle ?

— Chaque chose en son temps, répondit Ladik. Vous êtes un homme curieux, vous devez bien vous demander ce qui s'est passé après l'incendie du Kudeta à Bali, non ?

Marc resta silencieux. Dans sa tête, il tentait d'évaluer ses chances de se jeter sur le tueur en série pour le désarmer. Quatre mètres les séparaient. Malgré son état de faiblesse, Teknokiller n’avait besoin que d’un dixième de seconde pour presser la détente. Les chances de survie étaient quasi nulles malgré le gilet pare-balles protégeant son torse. Ulrich Ladik sourit de nouveau comme s’il devinait les pensées qui s’agitaient sous le crâne du journaliste.

— Mon cher Marc, je vous ai promis que vous alliez me tuer. Attendez ! Ne me forcez pas à vous tirer une balle dans les jambes ou dans les couilles. Vous seriez handicapé pour la suite, et cela compromettrait beaucoup mes plans.

— Je ne comprends pas ce que vous voulez, répondit Marc, baissant sa garde.

Ce faisant, il venait d’accepter implicitement les règles du jeu imposées par Teknokiller.

— Écoutez-moi. C’est tout ce que je vous demande pour l’instant. Et lâchez ce pistolet-mitrailleur dont vous savez à peine vous servir. Vous n’êtes pas un tueur. Pas encore !

Marc Torkan lâcha son arme. Elle tomba sur le carrelage dans un cliquetis métallique.

— Je vous écoute.

— C’est mieux ainsi, dit Ladik. Vous êtes journaliste. Posez-moi des questions comme si vous meniez une interview !

— Que s’est-il passé après l’incendie du Kudeta ? commença Marc.

— Nous nous sommes simplement échappés par la plage, en longeant le rivage pour échapper à la foule.

— Nous ?

— Oui. Avant votre arrivée inopinée au Kudeta,

j'avais abordé Jillian à la fin de son passage comme DJ. Elle avait accepté de prendre un verre avec moi.

— GHB ? Vous l'aviez droguée ?

— Exactement. Elle s'est montrée extrêmement docile. Comme toutes les autres filles.

— Vous l'avez tuée aussi ?

— Trop vite ! s'exclama l'autre. Vous allez trop vite ! Soyez patient. Vous sautez bien trop vite aux conclusions. Essayez plutôt de me poser une autre question. Demandez-moi donc comment je suis arrivé ici. Vous avez travaillé pour *Paris Flash*, le monde entier voudra un jour connaître cette histoire. Je vous offre un scoop. Un entretien avec un tueur en série. Cela ne se refuse pas.

Marc serra les poings. Il ne voyait pas comment échapper à ce jeu cruel. S'il voulait savoir, il devait se conformer aux règles fixées par Teknokiller. À contrecœur, il obéit.

— Comment êtes-vous arrivé jusqu'en Thaïlande ?

— Nous sommes en Asie, répondit Ulrich Ladik. Disons que j'ai payé les gens qu'il fallait. Les triades chinoises se sont occupées de mon voyage, quelques jours en bateau à travers la mer de Java et le golfe de Thaïlande jusqu'à Bangkok. Au début, j'ai cru que c'était seulement mon argent qui les intéressait, mais il s'est avéré que ma réputation m'avait précédé. Grâce à vous, d'ailleurs, à la presse, à tous ces articles consacrés à la férocité de Teknokiller, puisque c'est le nom que vous m'avez donné. Les triades m'ont proposé un job que je pouvais difficilement refuser. C'est ainsi que je suis devenu M. X, puisqu'il fallait que je m'invente un nouveau nom. Je n'ai pas cherché à être original, juste à marquer les esprits.

— Qu'avez-vous fait pour ces triades ?

— Ce que je fais si bien depuis des années. J'ai fait souffrir des femmes, je les ai fait hurler à en mourir, et je les ai tuées. Mais cette fois, les meurtres ont été filmés.

— Mais pourquoi ? demanda Marc, consterné par la franchise tranquille du tueur. Je ne comprends pas.

— Il n'y a rien à comprendre. Les triades règnent grâce à l'emprise et à la terreur qu'elles exercent sur ceux ou celles qui les défient. Quelques putes sacrifiées ont servi d'exemple. Elles ont même rapporté beaucoup d'argent, puisqu'il s'est avéré qu'il y avait une vraie demande de la part d'amateurs fortunés pour les snuff-movies. Internet permet ce genre de commerce. Moi, je l'ai fait simplement pour l'argent, parce que je le pouvais et aussi parce que j'y prenais du plaisir. Ma toute première victime s'appelait Stéphanie. J'avais vingt-quatre ans. Je commençais à avoir un petit nom comme DJ. J'étais fasciné par le pouvoir des sons. Stéphanie était ma petite amie. Je l'ai attachée. Elle s'est laissé faire. Je l'ai frappée, je l'ai brûlée, je l'ai étranglée et j'ai enregistré son dernier râle avant qu'elle n'expire. Je voulais capter dans cet ultime cri l'instant où l'âme quitte définitivement son enveloppe charnelle. La musique que j'en ai tirée était comme une épiphanie, une expérience sublime. J'ai découvert que je prenais un plaisir indicible à l'entendre mourir. Ensuite, je n'ai plus eu qu'un désir : recommencer encore et encore. J'aurais continué pendant des années si vous ne vous étiez pas lancé sur mes traces. J'en avais les moyens jusqu'à ce que vous révéliez mon nom. J'ai dû me réinventer.

— Mais pourquoi ces meurtres en Europe, ces

vidéos envoyées à *Paris Flash* avec des citations tirées de la Bible ? questionna Marc. Qu'est-ce que tout ça signifie ?

— Le chaos, répliqua Teknokiller. Je veux laisser derrière moi la confusion et le désordre. Je veux que vous en soyez le messager.

— Je ne comprends toujours pas. Vous êtes…

— … dérangé, fou, dément ? proposa le tueur.

Ulrich Ladik éclata de rire. Marc se sentait comme aspiré par l'aura maléfique de l'homme couché devant lui. Il se racla la gorge, dégoûté.

— Vous êtes une aberration de la nature, cracha-t-il.

— Oui, je suis différent, singulier, unique… Du moins, je le croyais. Il y a deux ans, j'ai commencé à souffrir de migraines. Un médecin m'a diagnostiqué une tumeur au cerveau. Mortelle. Vous voyez l'ironie ? Un tueur en série condamné à mourir d'un cancer. C'est plutôt amusant, non ? J'avais déjà commencé mon petit jeu en dispersant de la musique Tek-Life sur Internet dans l'espoir de faire des émules. Jillian m'a semblé la candidate idéale. Une véritable disciple capable de comprendre mes besoins, mes désirs, mes envies. Je me suis trompé sur cette jeune femme. Je lui avais fait confiance. Elle m'a trahie en tentant de m'attirer dans un piège dont vous étiez partie prenante.

Ladik agita son arme en direction de Marc. Le journaliste le fixait avec un mélange de dégoût et de fascination.

— Mes activités de DJ en ont pris un coup, reprit le tueur. Mon arrivée dans ce pays et la proposition des triades ont précipité les choses. Mais rien ne dure. Il y a six mois, un nouveau médecin en Thaïlande m'a annoncé que je n'en avais plus pour très longtemps, quelques mois tout au plus. Jusque-là, j'avais toujours essayé d'être discret, mais qu'est-ce que j'avais à perdre ? J'ai imaginé cette fin en apothéose. Je ne crains ni Dieu ni Diable. J'ai donc recruté et formé ces « Teknokillers » qui sont allés poursuivre en Europe ce que j'avais commencé à Bangkok. Vous seriez étonné de la malléabilité intellectuelle des jeunes Occidentaux. Il suffit de leur promettre leur quart d'heure de gloire warholien. Mes envoyés spéciaux avaient pour instruction d'enlever deux jeunes femmes qui se connaissaient dans plusieurs grandes villes. La seule condition stricte que j'avais imposée était que l'une soit une jolie rousse, semblable à Jillian. Ils devaient la torturer sous les yeux de son amie, lui trancher la tête et m'expédier les vidéos que je me chargeais d'éditer et de renvoyer à vos amis de *Paris Flash*. J'étais certain ainsi d'avoir toute votre attention ainsi que celle de vos collègues journalistes.

— Mais cela n'a aucun sens, murmura Marc, sous le choc. Pourquoi avoir fait ça alors que vous aviez manipulé la mère de Nava Sheraïm et la fondation *Vet Uriel* pour m'attirer en Thaïlande ?

— Le spectacle, mon cher ami, s'exclama Ladik. Nous sommes entrés dans la société du spectacle, l'ère de la téléréalité, des attentats spectaculaires et de l'image qui tue. Prenez l'affaire Mohamed Merah ou celle du dépeceur du Canada. Il faut frapper fort pour marquer durablement les esprits et laisser sa marque dans ce bas monde. Je ne le quitterai pas sans avoir semé les germes du chaos.

Marc était abasourdi par la cruauté gratuite et l'égotisme démentiel affiché par Ulrich Ladik. Mais il y avait encore des zones d'ombre. Il demanda :

— Et les citations de l'Évangile selon saint Marc accompagnant les vidéos ? À quoi servaient-elles ?

— Un ultime pied de nez. J'ai trouvé que ce serait, disons, amusant, de détourner la Bible. Après ma mort, les médias m'introniseront comme un Antéchrist, un génie du mal. Et vous deviendrez mon premier apôtre en racontant mon histoire. Car n'en doutez pas, vous la raconterez… J'ai déjà le titre : le nouvel Évangile selon Marc.

Le journaliste contemplait le dément qui le tenait toujours en joue. « Le mal que font les hommes leur survit… » Cette phrase tirée d'une de ses lectures d'étudiant venait de surgir dans sa tête. Il eut envie de vomir. Tant de morts…

— Pour Jillian, vous n'avez rien à me demander ? demanda Ulrich Ladik.

Le tueur l'observait encore. Un sourire au coin des lèvres. Marc avala lentement sa salive. Il posa la question qui l'angoissait depuis des mois.

— Qu'avez-vous fait de Jillian ?

— Je l'ai tuée, répondit Teknokiller en le défiant du regard. Comme les autres. Elle ne s'est jamais défendue. Elle s'est laissé faire. Je me souviens du contact de ses mains sur ma joue quand je l'ai embrassée. Je crois bien qu'elle me prenait pour vous. Je l'ai d'abord déshabillée, puis je l'ai attachée. Je ne l'ai pas violée tout de suite. Non, j'ai pris mon temps. J'ai attendu que l'effet de la drogue s'estompe. Je voulais qu'elle réalise ce qui allait lui arriver. J'ai brûlé chacune des parties de son corps avec une cigarette, je lui ai déchiré la poitrine, mordu les joues. Elle hurlait. J'ai vraiment adoré son dernier cri.

Une digue se rompit. Une barrière, une frontière

de cristal. Marc s'avança… Fou de douleur, vibrant d'une rage inextinguible, il avait totalement oublié la menace de l'arme braquée par Ulrich Ladik. Mais celui-ci ne tirait toujours pas. Comme s'il attendait ce moment. Une violence venue du fond des âges avait envahi le journaliste. Une envie de déchiqueter son tourmenteur, de lui arracher le visage, de lui lacérer les joues. Il se jeta sur le corps malingre et étreignit de ses deux mains le cou du tueur en série. Il n'était qu'à quelques centimètres de son visage et pouvait sentir son haleine putride d'homme malade. Teknokiller le regardait sans ciller.

— J'ai fait durer le plaisir, croassa-t-il. J'ai vraiment joui quand elle est morte.

D'un coup, Marc enfonça ses pouces dans la gorge et serra les doigts aussi fort que s'il voulait lui arracher la tête. Ulrich Ladik se cabra mais ne se défendit pas. Ses yeux se révulsèrent, sa bouche puante s'ouvrit dans une tentative désespérée d'aspirer un peu d'oxygène. Un dernier râle… Le son de la vie qui le quittait. Son corps s'arqua dans un ultime sursaut avant qu'il n'expire. Puis tout s'arrêta. Marc ne desserra son étreinte qu'après un long moment. Il venait de tuer de ses propres mains un être humain. Il aurait dû se sentir coupable. Mais les larmes qui coulaient de ses yeux n'exprimaient ni honte ni soulagement. Il pleurait simplement la mort de Jillian.

Épilogue

Jeudi 26 juillet, 6 h 30.
Île de Ko Muk (Thaïlande).

Le matin le trouva au même endroit. Marc était accroupi contre un des murs de la chambre. Prostré, il fixait le corps d'Ulrich Ladik. Une odeur de mort avait envahi la pièce comme un venin. Tout cela n'avait aucun sens. Pourquoi Teknokiller l'avait-il fait venir jusqu'ici pour se laisser tuer ? Pour qu'il écrive son histoire à destination de la postérité ? Marc avait beau essayer de comprendre, la logique du tueur en série lui échappait. Les vibrations répétées du téléphone portable glissé dans son jean le tirèrent de sa stupeur. Il regarda l'écran. C'était Katie.

— Marc ?

— Elle est morte, répondit le journaliste, à bout de nerfs. Il l'a tuée. Ce salopard l'avait tuée. Je ne comprends pas, je ne comprends rien.

— Calme-toi. Dis-moi ce qui s'est passé.

Et Marc raconta. Tout. À l'annonce de la mort de Jillian, la photographe serra les dents tandis que des larmes venaient mouiller son visage. Par pudeur, elle ne voulait rien laisser paraître. Ne pas ajouter sa peine au désarroi de son ami alors qu'il était seul, à des milliers de kilomètres de la France. Elle le laissa parler jusqu'à ce que le flot de mots se soit tari.

— Qu'est-ce que tu comptes faire maintenant ? demanda-t-elle.

— Rentrer chez moi.

***

Marc raccrocha, laissant Katie en suspens. L'affaire s'achevait donc ainsi. La photographe cliqua sur la touche « Appareil photo » de son téléphone et fit glisser les images jusqu'à une série de portraits. Jillian, du temps où elle se produisait à Paris comme DJette sous le nom de Lady J. Un *shooting* mode jamais paru pour un magazine féminin. La séance lui avait permis de rencontrer la jeune femme deux ans plus tôt. Chaque fois, Jillian fixait l'objectif d'un air farouche. Sauf sur la dernière où, croyant le shooting fini, elle avait souri. Belle comme une déesse, auréolée de sa chevelure cuivrée. Katie posa ses lèvres sur l'écran comme pour un ultime baiser. Il lui restait une dernière chose pénible à accomplir : prévenir Yann Lévas. Même s'il lui en coûtait, le hacker aux cheveux bouclés méritait d'apprendre la vérité par sa bouche.

***

Vidé. Marc se sentait aussi vain qu'un spectre. Las, il jeta un dernier regard au corps raidi du tueur puis sortit de la pièce. Il s'immobilisa. Dans le salon, quatre hommes aux visages peinturlurés de traits noirs, vêtus de la tenue camouflage des Royal Thai Navy Seals, le tenaient en joue. En silence. Le journaliste était encore couvert du sang séché de Kiefer. En retrait, le commandant Viroj l'observait, une lueur étonnée dans les yeux.

— Quelle hécatombe, constata l'officier qui avait fait signe à ses hommes de détourner leurs armes. Vous êtes le dernier des Mohicans. J'avoue que je ne pensais pas vous découvrir seul en vie au milieu de tous ces morts.

Marc répondit :

— Moi non plus. Il faut croire que le Diable veillait sur moi. Vous trouverez votre M. X dans la chambre derrière moi. Il s'appelait aussi Ulrich Ladik. Beaucoup de gens le connaissaient sous le nom de Teknokiller. Il tuait des femmes pour son plaisir.

— Vous me raconterez ça plus tard, murmura le commandant en lui tendant la main avec considération. Vous devriez aller vous reposer dans un des bateaux. Nous allons nous occuper du reste.

Quand Marc sortit de la pénombre de la maison, l'éclat aveuglant du soleil le fit cligner des yeux. Il leva un bras pour se protéger de l'éblouissement. Autour de la piscine gisaient les corps des Thaïs tués dans la nuit ainsi que celui de Kiefer. Son sang avait coulé jusqu'aux eaux bleutées. Marc avait respecté la dernière volonté de l'Israélien. Il se sentait sale, inutile, vide. Qu'allait-il faire maintenant ? Se tirer une balle dans la tête ? Se saouler au gin à en mourir ? Il marcha vers la plage avec une envie irrépressible de s'immerger dans l'eau salée.

Il avait jeté son gilet pare-balles sur le sable quand

une radio grésilla derrière lui. Un des commandos restés en protection près du rivage le héla en thaï. Marc se retourna. L'homme lui indiquait la maison. D'un geste impérieux, il lui ordonna d'y retourner. Marc était éreinté et n'avait aucune envie d'obtempérer, mais le soldat commença à braquer son fusil-mitrailleur dans sa direction. On ne lui donnait pas vraiment le choix. Agacé, il refit le chemin en sens inverse. Viroj l'attendait près de la piscine. Le journaliste l'interrogea du regard.

— Trois de mes hommes ont trouvé une femme dans un bâtiment, de l'autre côté de la propriété, expliqua l'officier. Elle est en vie. Ils disent que c'est une Occidentale.

Marc sentit son cœur s'arrêter de battre dans sa poitrine.

— Une Occidentale ?

— Oui, oui. Tenez, ils arrivent.

Un soldat venait d'apparaître à quelques mètres sous les arbres. Il semblait content de lui, mais il était seul. Marc ravala la bouffée d'espoir qui venait de le saisir tout entier. En vain. Il tremblait.

— Où est-elle ? demanda-t-il à Viroj, anxieux.

Le commandant posa la question au militaire en arme qui les avait rejoints. Celui-ci désigna la végétation derrière lui d'un geste de la main.

— Il dit qu'elle le suit avec deux de mes hommes.

— De quelle couleur sont ses cheveux ?

L'officier se tourna de nouveau vers son subordonné. Après une discussion courte mais animée, Viroj s'avança vers Marc.

— Elle a les cheveux rouges. Rouges comme le sang.

Marc resta figé une seconde. Cette fois, il ne voulait pas penser, ni laisser l'espoir l'envahir à nouveau. D'ailleurs, il ne pensait plus tout court. Il fit un pas. Et si Jillian était vivante ? Et si Teknokiller lui avait menti ? S'il ne l'avait pas tuée ? Mais pourquoi ne l'aurait-il pas fait ? Marc fit un second pas. Il avait dit l'avoir tuée. Violée. Marc secoua la tête ; il avait l'impression qu'elle allait exploser. Son cœur battait maintenant la chamade, la tête lui tournait. Il faillit trébucher sous l'émotion mais il réussit à faire un autre pas. Et encore un autre. Sans s'en rendre compte, il se mit à courir. Pour la première fois depuis des mois, il décida de croire, de donner libre cours à ses espoirs… de vivre… Un miracle était possible.

Jillian.

Marc la vit en premier. Il ralentit sa course puis s'arrêta à quelques mètres. La jeune femme avait levé les yeux. D'abord, elle ne le reconnut pas. Et soudain, une flamme s'alluma dans son regard. Il s'approcha et ouvrit les bras. Jillian s'y lova d'un coup, comme si elle voulait s'encastrer dans son corps. Se fondre dans sa chair.

***

Un militaire proposa une couverture de survie à la jeune femme, qui refusa.

— Je veux rester dans tes bras, chuchota-t-elle à Marc.

Le journaliste la serra plus fort.

— Marc, il faut que tu saches…

— Plus tard, lui souffla-t-il avec tendresse. Tu me raconteras plus tard. Je te croyais morte.

— Il ne m'a jamais touchée, jamais fait le moindre

mal, reprit Jillian. J'ai toujours été bien traitée. Je n'ai pas arrêté d'y penser pendant tous ces mois où il me retenait prisonnière. Au début, il venait me voir tous les jours pour discuter. Quand il a vraiment commencé à être malade et à ne plus pouvoir sortir de sa maison, il me faisait escorter par un garde jusqu'à sa chambre. Après, je pouvais nager dans la piscine, lire si je voulais, regarder les informations. Je crois qu'il avait décidé qu'il ne pouvait plus me tuer parce qu'il me connaissait. Parce qu'à sa façon à lui, il m'appréciait.

— Une sorte de syndrome de Stockholm inversé…

La comparaison arracha un pauvre sourire à Jillian, et Marc eut très envie de l'embrasser.

— Oui, en quelque sorte… Le bourreau qui tombe amoureux de sa victime. Tu comprends ça, toi ?

— C'était un dément, répondit Marc. Je crois qu'il n'y a rien à comprendre.

— Il est mort ?

— Oui.

— Qui l'a tué ? demanda Jillian.

— Moi.

— Comment ça s'est passé ?

Il lui raconta tout depuis l'instant où il l'avait vraiment crue morte. Quand son dernier espoir de la retrouver s'était éteint. Vitrifié par Ulrich Ladik.

— Il m'a dit qu'il t'avait tuée. J'ai perdu la tête et je l'ai étranglé. Il s'est laissé faire alors qu'il avait une arme.

— Quoi ? Il t'a dit qu'il m'avait tuée ?

— Oui, c'est comme s'il avait voulu me pousser à bout et mourir de mes mains. Une sorte de suicide programmé.

— Mais il ne t'a rien dit avant de mourir ?

— Il venait de me confier que tu hurlais et qu'il avait adoré ton dernier cri.

— Et avant ?

— Il délirait sur le fait que les médias l'introniseraient après sa mort comme un Antéchrist.

— Non, coupa-t-elle. Je veux dire à propos du dernier cri : qu'est-ce qu'il a dit ?

— Il parlait de capter le moment où l'âme s'échappe de l'enveloppe charnelle…

Jillian le repoussa brusquement.

— Viens ! dit-elle. Vite !

La jeune femme se mit à courir en direction de la maison. Marc la suivit de près. Il ne comprenait pas. Il aurait voulu ne plus jamais remettre les pieds dans cette chambre maudite. Qu'est-ce qui lui avait échappé ? Qu'est-ce que Jillian avait compris qu'il avait manqué ? Elle entra dans la chambre sans même un regard pour le corps qui y reposait. D'un geste, elle balaya les oreillers et mit à jour un microphone minuscule fixé contre le mur. Elle l'arracha d'un coup sec. Le fil courait discrètement le long d'une plinthe dans la pièce immense, puis s'enfonçait d'un coup dans le sol. Un tapis épais recouvrait cette partie de la chambre. La DJette allait le soulever, mais deux des hommes de Viroj qui assistaient à la scène l'en empêchèrent. Ils l'obligèrent à reculer. Une ouverture quasi invisible était dissimulée sous la carpette. Les soldats reculèrent en braquant leurs armes et crièrent un ordre. Ils répétèrent leur sommation. La trappe s'ouvrit avec lenteur. Un Thaï apeuré sortit, les bras au-dessus de la tête. Jillian fondit sur lui et lui fouilla fébrilement les poches. Il y dissimulait un simple enregistreur numérique. Elle s'en empara et le brandit en se tournant vers Marc.

— Ce salopard avait pensé à tout. Même à ça ! Il avait tout préparé pour enregistrer son dernier cri avant de mourir.

— Dans quel but ? demanda Marc, stupéfait.

— Il appelait ça le chant de l'âme. Il disait que ce son, cette musique ultime contenait notre « Atman », le souffle vital qui distinguait chaque homme et le rendait singulier. Souviens-toi ! Avant de partir à Bali, je t'avais fait écouter *Nava*, un de ses morceaux de musique techno que j'avais reconstitué après l'avoir enregistré sur son site. Mon imitation était quasi parfaite, mais, à l'époque, il me manquait quelque chose pour atteindre la perfection de l'original. Le bruit de l'âme, la pulsation de la vie avant la fin. C'est ce que Teknokiller cherchait à capturer chez ses victimes pour jouer à Dieu et accéder à ce qu'il croyait être l'immortalité. Plusieurs fois, il m'avait dit qu'après sa mort, je pourrais le rendre éternel. Il fallait juste que je sois là pour recueillir son dernier cri et que je l'utilise pour composer un morceau.

— Que vas-tu faire ?

— Simplement… ça.

Jillian appuya sur la touche « Effacer ». Le Diable ne pourrait plus jamais chanter. La mémoire de son passage chez les vivants s'évanouirait avec le temps.

Jeudi 26 juillet, 21 h.
Paris (France).

— Allo, capitaine ?

— Oui, c'est Riou au téléphone.

— Mon capitaine, nous venons de découvrir dans

un hôtel du XVIIe arrondissement le corps du suspect recherché dans l'affaire du kidnapping avorté dans la nuit de samedi à dimanche.

— Le corps ? Il est mort ?

— Oui, il s'est apparemment suicidé en se tranchant les veines dans la salle de bains.

— Vous l'avez identifié ?

— Selon les papiers que l'on a retrouvés dans la chambre, il était suisse et s'appelait Guillaume Mermberg. Son passeport indique qu'il venait de Thaïlande.

— Autre chose ?

— Il a aussi laissé une inscription sur le mur.

— Qu'est-ce qu'il a écrit ?

— « Teknokillers ». Comme sur la Une de *Paris Flash*. Vous croyez qu'il y a un lien, mon capitaine ?

— Je ne crois pas : j'en suis certain ! Tenez-moi au courant des suites de votre enquête.

Le capitaine Thibault Riou raccrocha. Il saisit l'exemplaire du *news magazine* qu'il avait posé en début d'après-midi sur son bureau après l'avoir feuilleté. Le titre de la couverture claquait : « France, Espagne, Pays-Bas : qui arrêtera les Teknokillers ? » À l'intérieur, l'article signé Nathalie Garnier revenait sur le meurtre de Clara Riopelle, révélait l'existence des vidéos envoyées au journal, établissait des liens entre les faits-divers de Benidorm et d'Amsterdam. Il faisait aussi un parallèle saisissant avec deux affaires récentes qui avaient secoué l'opinion, celles de Mohamed Merah en France et de Luka Rocco Magnotta au Canada. Le premier, un djihadiste présumé, avait filmé ses meurtres mais avait été abattu par le RAID à Toulouse après trente-deux heures de siège avant de pouvoir les diffuser. Le second, un acteur canadien de films pornos, avait été arrêté au cours de sa cavale dans un cybercafé de Berlin, après avoir posté sur Internet une vidéo de onze minutes dans laquelle il avait filmé le meurtre de son amant, un étudiant chinois nommé Patrick Jun.

Glacé, Thibault murmura pour lui-même :

— Et cela ne fait que commencer…

FIN

B.O.

La musique m'a accompagné à chacune des étapes de l'écriture du *Chant du Diable*. Pour les amateurs, voici une partie de la bande originale…

Vitalic – *Flashmob* (PIAS, 2009)
Vince Clarke & Martin Gore – *VCMG* (2012)
Midlake – *The Courage of Others* (2010)
Richard Hawley – *Standing at the Sky's Edge* (2012)
Lana Del Rey – *Lana Del Rey A.K.A. Lizzy Grant* (2010)
Mogwai – *Hardcore will never die. But you will.* (2011)
My Bloody Valentine – *Loveless* (1991)
Boards of Canada – *Geogaddi* (2002)
Alex Reece – *So Far* (1996)
Scratch Massive – *JOY* (2009)
Peace Orchestra – *Peace Orchestra* (1999)
Waldeck – *Balance of the Force* (1998)
Border Crossing – *Ominous* (2005)
The Smashing Pumpkins – *Oceania* (2012)
Slove – *Le Danse* (2011)

Deirdre – *One* (2005)
Tamer Animals – *Other Lives* (2011)
Liars – *WIXIW* (2012)
Godspeed You ! Black Emperor – *Lift your skinny fists like antennas to Heaven* (2000)
Massive Attack – *Heligoland* (2010)
Dead Can Dance – *Anastasis* (2012)
Applause – *Where it all began* (2011)

Remerciements :

Beaucoup de gens m'ont encouragé et soutenu pendant l'écriture de ce deuxième roman. Je les cite dans le plus grand désordre (en espérant n'oublier personne) : Simon Pinel, Éric et Cathy Marcelin, Thibault Migaud (qui m'a écouté), Alexandre Alfonsi (qui pense que tout est possible), Dr Jean-Louis Berthomé, Alfred de Montesquiou, Pierre-Cédric Mermberg (*winchung man*), Nathalie Garnier (la vraie !), Marc Teynier, Patrick et Hélène Laigo, Marielle Baucher, les Sofa Surfers, François Le Joncour, Valérie Talagas, Sandrine Mouchet, Valérie Kerguillec, Marc Teynier (alors ?), Nicolas Ferron (DJ Faces), Noyale Limon-Duparcmeur, David Tourtelier, ma petite sœur Isabelle Rapilly-Gillistro, et ma femme Marie-Laure Pinglin.

Sans oublier… David S. Khara (toujours là !), Sandra Guillo (toujours là ! bis), Laurent Whale, Thomas Geha, Marc Charuel (l'homme qui n'est plus immortel et qui mériterait d'être un héros de roman noir), Aurélien Molas (Surf' Up), Stéphane Marchand…

Composé par Nord Compo
à Villeneuve-d'Ascq (Nord)

Imprimé en France par

CPI
BRODARD & TAUPIN

à La Flèche (Sarthe)
en octobre 2013

POCKET – 12, avenue d'Italie – 75627 Paris Cedex 13

N° d'impression : 3002548
Dépôt légal : novembre 2013
S22376/01